BALLE MORTELLE
À WIMBLEDON

DANS LA MÊME COLLECTION :

(Page à découper ou à copier)

Je souhaite recevoir :
- ❏ Le catalogue complet
- ❏ Les volumes cochés au prix de 30 F l'unité, soit :

.... livres à 30 F = ...

+ Frais de port (*1 à 3 vol. : 15 F ; 4 vol. et plus : 20 F*) = ...

Total

Nom :   Prénom :

Adresse :

Paiement par chèque ou mandat à :
GDV-VPC BP 260 75264 PARIS Cedex 06

J.B. LIVINGSTONE

BALLE MORTELLE
À WIMBLEDON

EDITIONS GERARD DE VILLIERS

© Éditions Alphée, 1992.
© Éditions Gérard de Villiers, 1995
pour la présente édition.

ISBN 2-7386-5728-1

CHAPITRE PREMIER

Benjamin Wolf donna l'ordre à son chauffeur, Orazio Paternoster, de prendre la route de Wimbledon. Lord, avocat et héros de la dernière guerre, Benjamin Wolf était un quinquagénaire riche et comblé d'honneurs ; grand, élégant, puissamment charpenté, il ne passait pas inaperçu en raison de sa stature d'empereur romain et de sa chevelure blanche qui évoquait la crinière d'un lion toujours prêt à mordre et à dévorer l'adversaire.

L'avocat ne perdait aucun procès. Spécialisé dans les divorces des grands de ce monde et dans les multiples conflits qui opposaient entre eux les milliardaires, il exigeait des honoraires à la mesure de son talent. Travailleur infatigable, doté d'une mémoire exceptionnelle, il jonglait avec les dossiers, tirait profit du moindre détail et ne laissait aucune chance à qui osait l'affronter. De mauvaises langues prétendaient qu'il inventait parfois de fausses preuves, mais personne n'était parvenu à le démontrer.

Wolf habitait un somptueux manoir au nord de Londres ; il ne recevait personne, ne buvait pas, ne fumait pas et s'acharnait à accumuler une fortune colossale que les banquiers de la City avaient appris à respecter. Chaque matin, il prenait un bain d'eau de mer livrée au château, mangeait du poisson et des algues, et se faisait conduire à son cabinet londonien pour distribuer des directives à son équipe de juristes. Ensuite, il s'enfermait chez lui pour travailler.

En cette belle matinée de juin, l'avocat avait revêtu un habit très particulier qui se caractérisait par une cravate rayée de mauve et de vert, insigne ô combien distinctif des membres du *All England Lawn-Tennis and Croquet Club* qui avait pour mission de préserver la gloire de Wimbledon, le temple du vrai tennis où se jouait le plus beau et le plus important tournoi du monde.

Wimbledon ne ressemblait à aucun autre stade ; d'abord, parce que c'était Wimbledon, ensuite parce qu'il était anglais, enfin parce que les dix-huit courts n'étaient utilisés qu'une fois par an, à l'exception d'une coupe de dames et d'un tournoi réunissant des élus de la Chambre des communes et de hauts magistrats. En certaines circonstances très exceptionnelles, il était possible de fouler l'illustre gazon et de frapper la balle, à condition que l'événement fût très discret et ne réunît que des personnalités triées sur le volet.

L'un des titres de gloire de Benjamin Wolf était d'appartenir au comité directeur de l'*All England Lawn-Tennis and Croquet Club* ; c'est pourquoi il avait pu obtenir l'autorisation d'organiser un double mixte avec ses meilleurs amis qui lui seraient éternellement reconnaissants de jouir d'une telle faveur.

L'avocat sourit. Cette journée serait mémorable, d'autant plus que les services de la météorologie n'annonçaient la pluie que pour l'après-midi. Comment s'en étonner, puisque Benjamin Wolf faisait toujours le bon choix et ne se trompait jamais ?

En approchant de Wimbledon, Wolf songea avec amusement aux milliers de spectateurs qui s'engouffreraient bientôt dans le métro, à Earl's Court, direction Southfields, avant de prendre la fameuse navette pour se rendre au stade. Les plus courageux feraient du footing pendant une vingtaine de minutes le long du golf de Wimbledon Park afin d'assister, si le temps le permettait, aux parties acharnées des *Championships*, les championnats de tennis par excellence.

Orazio Paternoster conduisait sans à-coups et avait un remarquable sens de la ponctualité ; sachant que son patron avait horreur d'être en retard, il s'arrangeait pour le déposer à l'endroit prévu pour ses rendez-vous à l'heure exacte qu'il avait souhaitée.

Aussi Benjamin Wolf pénétra-t-il le premier dans le vestiaire des messieurs où il revêtit la traditionnelle tenue blanche ; lui succéda, quelques minutes plus tard, son ami et adversaire du jour, David Knott, âgé d'une quarantaine d'années, financier spécialisé dans les faillites d'entreprises.

— Ton épouse est-elle en forme ?

— Pour être juge de ligne...

— Mais, David! C'est une fonction très importante. Ton fils Toby doit être fier de la remplir, non ?

— Il ne parle que de ça.

— Ne faisons pas attendre nos partenaires.

L'arbitre du match, sir William Danseer, bel homme de quarante-cinq ans, commissaire-priseur chez Sotheby's, les attendait dans le salon réservé aux membres du club. L'endroit, minuscule et glacial, ne pouvait contenir que quatre personnes. Dans ces 12 m^2, combien de champions avaient attendu l'instant émouvant où ils pénétreraient sur le court central pour y disputer le match de leur vie ? Quatre chaises recouvertes de velours et un canapé vert impraticable à force d'être dur formaient l'unique mobilier : au mur, d'une teinte d'un bleu pâle terne, une note administrative rappelant que la tenue blanche était obligatoire, et des photos de joueurs. Sir William n'avait pas sorti les couvertures indispensables les jours de pluie ou de neige; l'été anglais atteignant son point culminant le 15 juin, il n'était pas rare que le tournoi de Wimbledon fût contrarié par des conditions climatiques que les étrangers jugeaient, à tort, déplorables. Les Britanniques s'en accommodaient fort bien; on ne remboursait d'ailleurs pas les spectateurs qui, pendant une journée entière, avaient regardé tomber la pluie au lieu de voir voler les balles.

Danseer et Knott auraient volontiers bu un petit remontant au salon de thé où le président de l'*All England* recevait la famille royale lors de la finale; mais l'un et l'autre savaient que Benjamin Wolf ne consommait pas une goutte d'alcool.

— Ces dames sont-elles arrivées ? s'enquit l'avocat.

— Rassure-toi, répondit William Danseer, mon épouse et son amie Ariane seront prêtes dans une minute.

À l'instant où lord Benjamin foulait le gazon du central, Claudia Danseer, une grande rousse à la trentaine épanouie, se précipita vers lui.

— Je veux te voir une minute, en privé.

— Moment mal choisi, ma chère.

— As-tu pris une décision ?

— Bien entendu.

— Laquelle ?

— Tu le sauras assez tôt.

— Donc, tu n'as pas changé d'avis !

— Suis-je une girouette ?

De rage, Claudia Danseer jeta sa raquette sur le gazon.

— Si tu avais commis ce geste sur le court, l'arbitre t'aurait infligé une amende et un point de pénalité.

— Tu n'as pas le droit de faire ça !

— Au contraire ; tu es mariée, je suis célibataire. Tu ferais mieux de te concentrer, Claudia ; n'oublie pas que tu es ma partenaire et que je n'ai pas l'intention de perdre.

Ariane Fenton, une jolie brunette qui portait allégrement sa quarantaine, interrompit la conversation.

— Me voici, Lord Benjamin ; quand commençons-nous ?

— Maintenant, chère amie.

Sir William Danseer monta sur la chaise d'arbitre ; Lucida Knott, la tête couverte d'un foulard, s'assit sur la chaise de juge de ligne, derrière le couple formé de Benjamin Wolf et de Claudia Danseer ; Toby Knott, âgé de dix ans, fit de même derrière l'équipe adverse composée d'Ariane Fenton et de David Knott.

Après quelques minutes d'échauffement, la partie commença ; à l'issue d'un tirage au sort qu'il remporta, Wolf fut le premier à servir. Il passa trois balles puissantes ; Knott renvoya la première dans le filet, Ariane Fenton ne put toucher la seconde, son partenaire tenta un passing sur la troisième mais Wolf, qui avait le pied jardinier, plaça une volée parfaite dans l'angle opposé. À 40-0, il rata son premier service, mais réussit une excellente balle liftée sur le second, termina le point à la volée et remporta blanc le premier jeu.

Lors de l'interruption qui précéda le changement de côté, les adversaires n'échangèrent pas le moindre mot. David Knott, très nerveux, gagna son service grâce aux erreurs de Claudia Danseer. Un partout. Elle s'appliqua davantage et gagna le sien, non sans avoir raté une volée facile. Deux jeux à un pour l'équipe Wolf-Danseer. Nouvelle interruption ; cette fois, les quatre joueurs burent un peu de thé froid qu'avait préparé le barman du club.

Puis la partie reprit de plus belle. Ariane Fenton, en dépit d'un lob étonnant, perdit son service ; Wolf, toujours aussi brillant, gagna le sien. À quatre jeux à un, le premier set lui souriait. David Knott réussit un *ace*, monta à la volée mais hésita à intercepter ; en dépit des coups hasardeux de sa partenaire, l'avocat parvint à prendre le service de l'adversaire. Le point qui donnait le score de cinq à un fut pourtant contesté : l'arbitre avait jugé bonne la volée de Knott.

Benjamin Wolf s'était approché de la haute chaise.

— Je n'ai pas l'habitude de discuter, William ; si j'avais le moindre doute sur mon jugement, je ne me permettrais même pas d'intervenir. Mais cette balle était *out* d'au moins un mètre ; ton juge de ligne, Lucida, le confirmera.

Consultée, Lucida Knott hésita quelques instants, puis reconnut son erreur.

— Pardonnez-moi... j'aurais dû signaler la faute.

L'arbitre, gêné, s'inclina.

Wolf et Claudia Danseer remportèrent le premier set par six jeux à un. À part l'avocat, personne ne semblait s'amuser. Le second set fut nettement plus disputé et, aux changements de côté, les joueurs consommèrent davantage de thé froid et s'épongèrent le front. David Knott, irrité par ses propres fautes, insulta l'arbitre et shoota dans le filet. William Danseer dut le rappeler à l'ordre.

Depuis quelques minutes, l'avocat jouait moins bien. Pendant le premier set, il se trouvait sans cesse bien placé pour attaquer ; depuis le début du second, il semblait plus lourd et moins véloce. Des erreurs de placement, tout à fait insolites pour un joueur de son niveau, lui faisaient commettre des fautes stupides.

Mené 0-40, Wolf était sur le point de perdre son service. Il servit une première balle molle qu'Ariane Fenton réussit à renvoyer à mi-hauteur ; la volée s'annonçait facile. L'avocat courut vers le filet, poussa un cri, lâcha sa raquette, porta les mains à son cœur et s'écroula sur le gazon du court central.

CHAPITRE II

L'ex-inspecteur-chef Higgins s'était levé très tôt ; depuis qu'il avait pris une retraite anticipée, il était sans cesse occupé par des tâches essentielles : la taille des rosiers, la tonte de la pelouse, les longues promenades dans la forêt, la lecture des bons auteurs et les conversations au coin du feu avec Trafalgar, un siamois d'une intelligence exceptionnelle, amateur de plats raffinés que Higgins préparait lui-même.

Pour le mois de juin, la météorologie annonçait une succession de pluies entrecoupées d'averses : la température, qui ne dépasserait pas 13° de moyenne, serait donc excellente pour profiter de la nature verdoyante du Gloucestershire où était sis le manoir de Higgins, propriété de famille qu'il baptisait modestement « cottage ». La vieille demeure aux murs de pierre, au toit d'ardoise et au porche soutenu par deux colonnes, était le plus beau fleuron architectural du charmant village des Slaughterers que traversait la minuscule rivière Eye.

En ces lieux paisibles, loin du monde et du bruit,

régnait une réelle sérénité. De taille moyenne, plutôt
trapu, les cheveux noirs, le visage bonhomme agré-
menté d'une moustache poivre et sel taillée et lissée
à la perfection, l'ex-inspecteur-chef Higgins était
toujours considéré comme le meilleur limier de Scotland Yard ; à l'issue d'un conflit administratif, Higgins avait préféré quitter la plus célèbre police du
monde plutôt que de vendre son âme, bien qu'il fût
promis aux plus hautes fonctions.

Le problème qu'il devait résoudre n'était pas des
plus simples : cirer un meuble chinois rapporté
d'Orient où il avait passé une grande partie de sa
jeunesse. Après lecture de manuels anciens, l'ex-
inspecteur-chef avait utilisé une recette traditionnelle ; il avait fait fondre de la cire de carnauba dans
un bain-marie avec de l'essence de térébenthine,
puis un pain de cire vierge. Potasser exigeait doigté
et constance ; refroidi, le matériau semblait d'excellente qualité.

Mary, la gouvernante de soixante-dix ans qui gardait bon pied bon œil après avoir traversé deux
guerres mondiales, des dizaines de grèves et des
centaines de crises économiques, avait d'autres pré-
occupations que de cirer les meubles. Elle se plon-
geait chaque matin dans la lecture du *Sun*, du *Daily
Mirror*, du *Daily Mail*, du *Daily Express* et du *Daily
Telegraph*, à la recherche des scandales, des crimes
et des exactions en tout genre. Jamais, de son temps,
on n'aurait imprimé de telles horreurs. Scotland
Yard n'était qu'un repaire de brigands, la pègre
envahissait l'Angleterre.

Même le *Times*, qui parvenait pourtant au domicile de Higgins protégé par une bande d'abonnement, n'échappait pas aux investigations de Mary qui parvenait à faire glisser le journal, à le lire, à le replier et à le réintroduire dans la bande. L'ex-inspecteur-chef, afin de ne pas déclencher une nouvelle guerre, faisait mine de ne rien voir.

Un autre drame attendait Higgins au cœur même de son domaine : des mésanges à longue queue venaient de faire leur nid au sommet d'un des murs de la roseraie. Lichens, mousses, fragments d'écorce liés entre eux par des fils d'araignée et des crins, composaient un véritable chef-d'œuvre. Dans ce cadre douillet reposaient une dizaine d'œufs tachés de rouge. Alors que Higgins préparait la renaissance d'une espèce de rose oubliée qu'appréciait Samuel Hole, à qui l'on devait la première exposition internationale consacrée aux roses, à Londres, en 1858, la présence de ce nid lui causait bien des soucis.

Le détruire était hors de question. Mais il y avait Trafalgar... Trafalgar qui se frottait affectueusement contre sa jambe gauche et qui ne quittait plus des yeux le mur de la roseraie. Entamer une négociation serrée devenait indispensable ; c'est pourquoi l'ex-inspecteur-chef laissa le siamois malaxer le bas de son pantalon et pétrir la flanelle en y plantant ses griffes sans la déchirer.

— Nous devons parler, toi et moi ; j'aimerais que tu laisses en paix ces oiseaux et leur nid. Tu es bien nourri, me semble-t-il ?

Les yeux de Trafalgar se fermèrent ; ne demeura

que cette fente minuscule qui ne permettrait plus d'interpréter la pensée du chat. Higgins n'avait pas le choix.

— C'est entendu... si tu consens à ne pas dévorer ces malheureuses mésanges, tu auras tous les jours, pendant un mois, du saumon mariné et des desserts variés.

Très lentement, la fente s'agrandit. Trafalgar abandonna le pantalon de Higgins, se redressa et partit vers le manoir, la queue levée et bien raide, signe indéniable d'acceptation. Comme le siamois n'avait qu'une parole, l'ex-inspecteur-chef sut que l'accord était conclu.

Le meuble ciré, les mésanges sauvées... restait la troisième épreuve.

Son ami Malcolm Mac Cullough, l'un des membres du cercle très fermé des amis de Higgins, avait obtenu l'autorisation exceptionnelle de jouer sur l'un des courts annexes de Wimbledon, « les courts à la campagne ». Les deux hommes s'étant liés d'amitié trente ans plus tôt de part et d'autre d'un filet, Mac Cullough voulait célébrer cet anniversaire de manière grandiose.

Malheureusement, les genoux de Higgins étaient affligés d'une arthrose parfois agressive qui lui ôtait sa souplesse de jeune homme ; or qui ne joue pas plié en permanence ne peut correctement frapper la balle, réussir des passings, des volées ou simplement distribuer le jeu depuis le fond du court. Ne pouvant refuser ce plaisir à Malcolm Mac Cullough, l'ex-inspecteur-chef était contraint de s'entraîner contre un mur, afin de retrouver son coup droit, sa volée et son service ; son médiocre revers ne lui faciliterait pas la tâche, même s'il parvenait à faire courir Mac Cullough grâce à quelques amortis judicieux. De plus, sa tenue blanche en flanelle portait, à la hauteur du genou droit, une légère tache d'herbe que Mary avait renoncé à effacer. L'avenir s'annonçait sombre.

Alors que Higgins s'apprêtait à frapper la balle, Mary s'interposa.

— Le téléphone, pour vous, dans ma cuisine.

Contrairement à l'ex-inspecteur-chef, ennemi d'un pseudo-progrès qu'il jugeait inutile et nuisible, Mary avait la passion de la technologie. C'est pourquoi elle avait installé un téléviseur et le téléphone dans sa cuisine privée où Higgins ne pénétrait qu'en cas de force majeure.

— Est-ce urgent ?

— Il paraît... c'est votre complice, le gros superintendant mal habillé. Je vous rappelle que je ne suis pas payée comme standardiste.

Higgins se rendit au combiné.

— Un drame épouvantable ! clama la voix angoissée de Scott Marlow. Higgins... au nom de notre vieille amitié, je sollicite votre aide.

— Désolé, mon cher Marlow, mais mon carnet de rendez-vous est surchargé ; je dois honorer certains engagements.

— Lord Benjamin Wolf a été assassiné.

— Victime de taille, je vous l'accorde, mais vous vous débrouillerez bien sans moi.

— En d'autres circonstances, peut-être... mais pas cette fois ! Ce sont l'honneur et la respectabilité d'un des plus hauts lieux de la civilisation qui sont en cause.

— Par saint George ! Lord Benjamin serait-il décédé à l'abbaye de Westminster ou à Buckingham Palace ?

— Sur un site que fréquente la famille royale... Wimbledon.

Higgins crut avoir mal entendu.

— Voudriez-vous répéter, superintendant ?

— Il est mort foudroyé sur le court central, hier matin. Par bonheur, nous jugulons encore la presse qui parle déjà du futur championnat.

— Pourquoi parler d'assassinat ?

— C'est l'avis de Babkocks.

Si le légiste le plus génial du Royaume-Uni émettait un avis aussi péremptoire, le doute n'était pas permis.

Une lueur d'espoir perça l'horizon.

— Dites-moi, mon cher Marlow... Wimbledon est-il surveillé par la police ?

— Le stade est complètement fermé, même aux employés, avant la fin de l'enquête préliminaire.

Cette excellente nouvelle impliquait le report du match contre Mac Cullough. Avec davantage d'entraînement, Higgins pourrait mieux résister. Un tel signe du destin l'obligeait à se montrer généreux.

— Passez me chercher en début d'après-midi, superintendant, je vais essayer de vous aider.

CHAPITRE III

La vieille Bentley de Scott Marlow, achetée d'occasion à un revendeur douteux, n'aimait guère l'air de la ville. À la campagne, elle respirait mieux ; aussi se montra-t-elle plus rapide pour aller du Yard aux Slaughterers que pour se rendre du Gloucestershire à Wimbledon. Situé au sud de la Tamise, le célèbre stade était depuis longtemps prisonnier du tissu urbain.

À l'entrée principale, le vigile habituel était assisté de plusieurs policiers en uniforme ; à moins de quinze jours du début du tournoi, Wimbledon était brutalement interdit aux jardiniers, aux balayeurs et à tous ceux qui touchaient de près ou de loin à l'organisation des *Championships*. La rumeur courait déjà, et l'on évoquait divers scandales : gazon brûlé et impraticable, loge royale défigurée par un attentat, invasion de taupes. Sans nul doute, une catastrophe s'était abattue sur le court central, sanctuaire réputé inviolable.

Scott Marlow bougonnait. Non seulement il avait une sale affaire sur les bras, mais encore il avait été importuné au moment où il accrochait au mur de son bureau une reproduction du sublime tableau de Sir George Hayer représentant la reine Victoria, le jour de son couronnement, en 1837. Drapée dans une robe grandiose au décolleté presque audacieux, la jeune et belle souveraine, un sceptre à la main droite, tenait les yeux levés vers le ciel pour y puiser l'inspiration qui guiderait l'Empire.

En découvrant la grande bâche qui recouvrait la loge royale de Wimbledon, Marlow se demanda si la décadence n'était pas irréversible, malgré les efforts d'Élisabeth II ; le rêve du superintendant était d'appartenir un jour au corps d'élite qui formait sa protection rapprochée. Encore fallait-il mener une carrière impeccable ? Quelque chose lui disait que la mort brutale de l'avocat celait des pièges dangereux.

Higgins foula avec respect le gazon du célèbre court central ; bien qu'il fût à ciel ouvert, le temple du tennis ressemblait à une sorte de prison d'où l'on ne pouvait s'échapper. Les futurs champions avaient dû surmonter cette impression désagréable, les futures championnes la vaincre avant de plier légèrement les genoux devant la loge royale en hochant la tête.

Le gazon de Wimbledon... voilà le véritable héros du stade. Construit en 1922, il avait une allure désuète qui convenait au tennis élégant pratiqué par les joueurs au meilleur toucher de balle ; la tragédie de 1940, qui avait vu une bombe allemande tomber sur le central, n'était pas encore oubliée. Les jardiniers entretenaient le gazon avec un soin jaloux pour

qu'il soit au meilleur de sa forme pendant la quin-
zaine du tournoi ; afin de le préserver, on ne jouait
pas le matin et l'on autorisait les matchs à partir de
quatorze heures.

Comment ne pas songer au 9 juillet 1877, date
mémorable à laquelle Spencer William Gore avait
frappé la première balle du premier tournoi de Wimbledon ? Le champion avait gagné la première coupe
d'argent d'une valeur de vingt-cinq guinées et inau-
guré la plus prestigieuse des compétitions. Certes, en
1880, les frères Renshaw avaient construit, à
Cannes, les premiers courts de tennis en terre battue ;
mais les vrais tennismen détestaient ce matériau qui
collait aux semelles et ralentissait la balle. Le gazon,
malgré quelques faux rebonds, permettait la pratique
du service-volée et interdisait de longs échanges
soporifiques.

Quand le prince de Galles, et futur George V,
avait assumé la présidence du *All England Lawn-
Tennis and Croquet Club*, en 1907, le tournoi de
Wimbledon s'était paré d'un nouveau prestige ; non
seulement le prince fut invité à assister à la compétition, mais encore la famille royale elle-même prit
plaisir à regarder la balle franchir le filet.

— Que savons-nous exactement ? demanda Higgins à Marlow.

— À vrai dire, pas grand-chose... c'est Paternoster, le chauffeur-palefrenier de lord Benjamin Wolf,
qui a prévenu le Yard. Quand je suis arrivé, l'avocat
était étendu sur le dos, tout près du filet.

— Difficile de jouer seul au tennis... Qui était
l'autre joueur ?

— *Les* autres joueurs, rectifia Marlow ; il s'agissait d'un double mixte. Paternoster nous a remis la liste des témoins du drame.

Marlow sortit de sa poche une déclaration signée ; Higgins la recopia sur un carnet noir à l'aide d'un crayon noir finement taillé.

Claudia Danseer, *partenaire de Benjamin Wolf.*
Ariane Fenton, *adversaire.*
David Knott, *adversaire.*
Sir William Danseer, *arbitre.*
Lucida Knott, *juge de ligne.*
Toby Knott, *juge de ligne.*
Orazio Paternoster, *spectateur.*

— À l'exception de Paternoster, précisa Marlow d'une voix sombre, ce sont tous des gens honorablement connus qui occupent une position sociale très en vue.

— Aucun n'est resté sur les lieux du drame ?

— Aucun.

— M. Paternoster a-t-il fait un récit des événements ?

— Il s'est contenté de déclarer : « Lord Benjamin s'est écroulé en montant au filet pour faire une volée de coup droit. Pendant sa course, il a semblé foudroyé par une crise cardiaque. Il a poussé un cri, lâché sa raquette et s'est effondré. Personne n'osant s'approcher de lui, j'ai pénétré sur le terrain. Il était mort. Les autres témoins ont jugé bon de quitter Wimbledon pendant que j'appelais Scotland Yard. »

— Voilà qui est concis et précis, jugea Higgins.
Avez-vous conservé la raquette de la victime?

— C'est la première chose que nous avons exa-
minée.

— Rien d'anormal?

— Non. Si Babkocks n'était pas aussi affirma-
tif...

— Je suppose qu'il nous attend au bar.

— En effet.

Babkocks était le sosie de Winston Churchill;
éternellement vêtu de sa veste d'aviateur en cuir,
héritage de la Royal Air Force, il fumait un gros
cigare composé de déchets de tabacs exotiques qu'il
accumulait dans ses poches. L'odeur était tantôt pes-
tilentielle, tantôt suave. Babkocks n'aimait pas le
whisky irlandais provenant de distilleries clandes-
tines; à Wimbledon, il se faisait violence en dégus-
tant un triple bourbon. Afin de lui donner un peu de
goût, il y laissait tomber ses cendres de cigare. Bou-
gon, mal embouché, il passait à juste titre pour le
meilleur légiste du Royaume-Uni. Higgins appréciait au plus haut point ses compétences; à lui seul,
Babkocks remplaçait la quasi-totalité des experts.

— Sorti de ta campagne, Higgins! Quel bon vent
t'amène?

— L'air de Wimbledon.

Pour une fois, reconnut Babkocks, Marlow m'a
livré un cadavre qui ne sentait pas trop mauvais.
Propre et parfumé, votre lord Benjamin; un véritable
aristocrate. Ça m'a reposé, tu penses... J'étais aux
prises avec un brûlé suspect! Pas du tout la même
chanson.

Marlow, redoutant une description plus précise, jugea bon d'intervenir.

— Pourriez-vous nous livrer vos conclusions?

Babkocks exhala un nuage de fumée où dominait nettement le parfum du santal.

— La plupart des légistes disent n'importe quoi, marmonna-t-il. Préciser l'heure de la mort? Quelle blague! Il y a mille façons de se tromper, si l'on ne fréquente pas les cadavres depuis des années. Votre lord est mort d'une crise cardiaque. Une belle crise cardiaque, propre et sans bavure.

— Mais vous disiez...

— Assassinat, je le confirme. Ce type avait un cœur en béton; du côté des reins, il était un peu faible. C'est une substance chimique qui a provoqué la crise cardiaque.

— Laquelle? demanda Higgins.

— Là, c'est vraiment un coup tordu! Vous voulez vraiment la vérité?

— Bien entendu, dit Marlow.

— L'Angleterre est en péril, messieurs.

— Pourquoi?

— La substance mortelle, c'est le thé.

Higgins était le seul sujet de Sa Gracieuse Majesté qui détestait le thé; il ne regretta plus ce léger travers.

— Ce n'est pas possible, déplora le superintendant, blême.

— J'avoue que j'ai un peu forcé la dose, avoua Babkocks; si l'on mettait le pays à feu et à sang en supprimant le thé, j'aurais trop de travail. Un coup tordu, un esprit vicieux et un chimiste compétent... ou un amateur bien informé : voilà votre coupable. Il a versé dans le thé qu'ont bu les joueurs une substance chimique, inoffensive en elle-même, mais terriblement dangereuse lorsqu'elle se conjugue avec une autre. Trois catégories possibles, qui existent toutes dans des médicaments puissants pour les reins ; si votre lord en prenait un, ne cherchez pas plus loin le mécanisme du crime. Quelques heures avant le match, il a absorbé son remède ; pendant le match, il a bu le thé préparé par le barman qui a eu la bonne idée de ne pas nettoyer la théière et m'a permis ainsi de réaliser mes expériences. Les deux substances sont entrées en réaction et ont provoqué un arrêt cardiaque qui ne pouvait survenir qu'à une condition : un énorme effort physique.

— Autrement dit, constata Marlow, un crime prémédité.

— Ça, vous pouvez le dire ! L'assassin connaissait parfaitement les habitudes de Lord Benjamin, savait que ce match aurait lieu et avait calculé son coup pour que la mort semble naturelle. Modestie à part, s'il n'était pas tombé sur moi, il aurait réussi.

Babkocks sortit de la poche de sa veste d'aviateur un rapport chiffonné.

— Vous aurez là-dessus le nom de toutes les saloperies chimiques qui ont précipité votre lord dans la tombe ; moi, ça fait vingt ans que je mets du rhum dans mon thé. Je retourne à mes lambeaux de brûlé ; je dois en tirer le maximum avant qu'ils ne tombent en poussière !

Babkocks donna une virile accolade aux deux policiers et quitta le bar d'une allure chaloupée.

CHAPITRE IV

Le barman était un homme de grande taille aux cheveux noirs, froid et austère.

— Avez-vous préparé vous-même le thé servi pendant le double mixte ? demanda Higgins.

— Bien entendu, inspecteur; c'est lord Benjamin lui-même qui m'avait commandé un Darjeeling froid. La meilleure boisson pour se désaltérer pendant un match, selon lui.

Higgins nota le détail sur son carnet noir; Scott Marlow ne dissimula pas son étonnement.

— Lord Benjamin, vous êtes sûr ?

— Tout à fait, superintendant; le Darjeeling froid était sa boisson préférée.

— Qui le savait ?

— Tous ses proches, je suppose; il n'en faisait pas mystère.

— Après avoir préparé la théière, où l'avez-vous déposée ?

— À dire vrai, j'en ai préparé deux et les ai déposées près de la chaise de l'arbitre, à l'endroit où les joueurs se désaltèrent lors des changements de côté.

— Lord Benjamin était-il menacé, à votre connaissance?

— Je ne suis que barman, inspecteur, ce genre de subtilités m'échappent.

Ni Higgins, ni Marlow n'insistèrent; le barman de Wimbledon était hors de cause. L'ex-inspecteur-chef retourna vers le court central et foula à nouveau le gazon.

— Que cherchez-vous, Higgins?

— À mieux connaître le lieu du crime.

L'ex-inspecteur-chef avançait à petits pas, comme s'il examinait chaque brin d'herbe; il inspecta les lignes blanches, traversa plusieurs fois l'espace de jeu, de long en large et en diagonale. Il s'attarda longuement sur le filet et prit des croquis.

— En tirez-vous des conclusions?

— Trop tôt, mon cher Marlow.

— Avez-vous songé au suicide de Benjamin Wolf?

— Pourquoi pas?

— Ce serait une invraisemblable provocation!

— Je suis de votre avis; quand la mort du lord sera-t-elle connue?

— Aucun faire-part de décès ne sera envoyé; à notre connaissance, Benjamin Wolf n'avait aucune famille. Cela nous permettra d'organiser un enterrement très confidentiel et de ne pas alerter la presse avant plusieurs jours.

Higgins regretta de ne pas avoir revêtu la tenue blanche traditionnelle; parcourir le central en costume de ville était presque un crime de lèse-majesté.

Personne n'avait osé offenser cet auguste terrain, à l'exception d'une Américaine dont le bustier avait éclaté en 1914.

Higgins se pencha.

— Ce gazon n'est pas sec.

— Normal, Higgins ; il a plu ce matin.

— Pleuvait-il le matin du crime ?

— Je vérifie.

Pendant que l'ex-inspecteur-chef méditait sur le plus célèbre espace vert de la planète, le super-intendant téléphona aux services de la météorologie.

— Temps sec et soleil voilé sur Londres, annonça-t-il ; pas une goutte de pluie.

— Dommage.

— Qu'espériez-vous ?

— Des traces sous les chaussures, quelques brins d'herbe collés, un indice inattendu ; la chance ne nous favorise pas.

— Est-il utile d'aller chercher si loin ? Grâce à Babkocks, nous en savons déjà beaucoup.

— Dans cette affaire, mon cher Marlow, il faudra tout vérifier ; si nous admettons que le crime a été commis par un joueur ou une joueuse de tennis, la plus grande précision sera de rigueur. Parvenir à déposer une balle à l'endroit où on le désire exige beaucoup de travail.

Marlow ne discernait aucun rapport direct entre le meurtre et la technique du tennis ; il prêta néanmoins attention à l'hypothèse de son collègue qui, malgré une certaine absence de logique, avait parfois d'étonnantes intuitions. Certes, les deux hommes s'opposaient de façon sourde sur la police scientifique ; Marlow croyait que l'informatique vaincrait le crime tandis que Higgins demeurait persuadé que la malignité humaine déjouerait tous les progrès techniques.

Se détournant du gazon, Higgins examina le pourtour du stade. Son regard scruta même le ciel, encombré de nuages bas.

— Pourriez-vous faire venir une grande échelle, superintendant ?

— Dans quelle intention ?

— Monter sur le toit de la tribune.

— Auriez-vous remarqué...

— Regardez, à la hauteur du filet, il y a un objet métallique coincé entre deux traverses. Ne négligeons rien, je vous le répète.

Un policier en uniforme, que n'affectait pas le vertige, monta à l'échelle avec une prudente lenteur. Quand il redescendit, il tenait dans la main droite un indice des plus étonnants.

— Fusil de chasse classique, décida-t-il ; on a tiré une balle. Voici la douille.

Marlow convoqua aussitôt des spécialistes du service balistique du Yard ; leur diagnostic fut formel : on avait visé l'un des joueurs qui se trouvaient sur le court de tennis. La position du fusil notée par le policeman pouvait laisser supposer que l'arme était braquée sur le filet, mais il fallait retrouver la balle pour le prouver. Babkocks n'ayant pas noté sa présence dans le cadavre de Lord Benjamin, elle avait abouti ailleurs.

Higgins la repéra à dix centimètres du filet, du côté de l'entrée des tennismen ; cette fois, le doute n'était plus permis. On avait essayé d'abattre un joueur qui montait au filet ; l'avocat se situait très précisément dans la trajectoire.

Mais il était mort d'une crise cardiaque et non fauché par une balle de fusil.

— Une évidence s'impose, estima Marlow ; un tireur, grimpé sur le toit, a tenté d'atteindre l'avocat qu'un autre assassin avait empoisonné. Concurrents ou complices ? Quoi qu'il en soit, on en voulait décidément beaucoup à la vie de lord Benjamin !

— Ce n'est pas certain, estima Higgins ; parfois, en double, deux ou quatre joueurs montent au filet et, pendant quelques instants, se trouvent près les uns des autres.

— Deux assassins et deux victimes...

— Ou bien un assassin et deux victimes... le tireur et l'empoisonneur sont peut-être une seule et même personne.

Les craintes de Marlow se confirmèrent : l'affaire s'annonçait compliquée. Quel fil tirer pour dévider la bobine, découvrir un ou plusieurs mobiles et obtenir la vérité ?

Le fusil de chasse représentait un bel espoir ; malheureusement, il ne portait aucune empreinte. Le numéro de série avait été limé avec soin et l'arme était si ordinaire qu'elle ne fournirait aucune piste intéressante.

À la première indiscrétion, la foudre tomberait sur le Yard : un avocat célèbre, de surcroît membre du conseil d'administration du *All England Lawn-Tennis and Croquet Club*, assassiné sur le court central de Wimbledon ! Si l'assassin n'était pas rapidement identifié, l'Angleterre risquait d'être déstabilisée et, pis encore, le tournoi reporté pour la première fois de son histoire.

CHAPITRE V

Le bureau de lord Benjamin Wolf, dans la plus belle partie du quartier chic de Mayfair, était une ruche bourdonnante. Higgins et Marlow rencontrèrent les principaux collaborateurs de l'avocat qui, officiellement, était parti en voyage d'affaires sans avoir eu le temps de passer en ville ; la visite étonna, mais les paroles rassurantes de Marlow évitèrent tout débordement : la police se préoccupait simplement de la sécurité de l'avocat dont les contacts avec des personnalités internationales n'étaient pas exempts de danger.

Chacun fit l'éloge de Benjamin Wolf, avocat génial, patron remarquable, homme d'action et de réflexion, personnalité très en vue de la haute société londonienne ; Higgins et Marlow avaient rarement entendu un tel concert d'éloges, sans la moindre fausse note.

Comme l'ex-inspecteur-chef ne prenait aucune note, le superintendant osa le questionner.

— Auriez-vous abandonné vos vieilles méthodes ?

— Certes pas, mon cher Marlow, mais je n'enre-
gistre que des informations dignes d'intérêt.

— Douteriez-vous de la respectabilité de lord
Benjamin?

— Une vérification s'impose.

Les deux hommes attendirent la sortie du bureau;
Higgins accosta une jeune standardiste qui semblait
plus délurée que les autres membres du personnel.

— Pardonnez-moi de vous aborder de la sorte,
mademoiselle; pourrions-nous vous poser quelques
questions en marchant?

— C'est vous qui arrêtez les criminels?

— Nous avons parfois cette chance.

— Alors, vous devriez arrêter Wolf.

Marlow sursauta.

— Pourquoi dites-vous ça?

— Vous savez comment on le surnomme? Le
tueur! Ce type n'a aucun cœur. Au bureau, tout le
monde est terrorisé. Sa devise est simple : « Wolf ne
se trompe jamais et l'échec est interdit. » Même
quand il n'est pas là, on a l'impression qu'il nous
espionne... Je n'ai jamais vu un endroit où les gens
travaillaient autant, du plus petit employé au directeur! Moi, je ne suis là que depuis six mois; on est
royalement payés, d'accord, mais l'atmosphère est
irrespirable. Le travail, le travail... il n'y a pas que ça
dans la vie! Et trembler à chaque fois que ce tyran
de Wolf arrive, c'est mauvais pour ma tension. Si
vous pouviez voir la scène... Tous aplatis devant lui
comme des chiens battus! L'esclavage n'a pas été
aboli, je vous jure.

— Merci de votre collaboration, mademoiselle.

**

Sur la route qui menait à la somptueuse demeure de lord Benjamin Wolf, la Bentley du superintendant roula sans à-coups ; le moteur tourna rond, comme si la vieille demoiselle faisait du charme à Higgins.

Marlow bougonnait.

— Le tueur, le tueur… c'est vite dit ! C'est quand même lui qui a été assassiné ; cette jeunesse ne respecte plus rien.

— Elle nous offre un autre aspect de la réalité, mon cher Marlow.

L'extérieur du château était plutôt rébarbatif ; tourelles, créneaux et murs gris faisaient songer à une forteresse inexpugnable. Une lourde porte cloutée s'ouvrit à l'approche des deux policiers.

Orazio Paternoster, en costume noir, se tenait sur le seuil. Âgé d'une soixantaine d'années, l'homme était grand, distingué et chauve ; gants blancs immaculés, cravate mauve, plis de pantalon impeccables lui donnaient l'allure du parfait domestique.

— Je vous ai entendus arriver, messieurs ; je suppose que vous êtes Scotland Yard ?

— Nous aimerions, mon collègue Higgins et moi-même, le superintendant Marlow, vous poser quelques questions.

— Après cet épouvantable drame, c'est bien naturel.

Derrière la porte commençait un monde d'un luxe
et d'une richesse inouïs. La très vaste entrée ressemblait à un temple grec, avec un mélange de colonnes
doriques et ioniques en marbre d'une rare qualité ;
entre les colonnes, des bustes authentiques de sénateurs et d'empereurs romains. Sur des tables basses,
des statuettes en bronze représentant des cavaliers au
combat, des têtes de déesses grecques, un pied de
colosse en granit. Sol de marbre polychrome et plafond en trompe l'œil consacré à de jeunes nymphes
dévêtues jouant dans une fontaine évoquaient un
palais italien fort éloigné de la stricte morale victo-
rienne.

— Ces messieurs désirent-ils visiter ? Naguère,
lord Benjamin s'y serait formellement opposé, mais
à présent...

Higgins répondit par l'affirmative.

Aux côtés de Scott Marlow, stupéfait, il admira
une incroyable galerie de glaces séparées par des
tableaux de la Renaissance italienne où les femmes
tenaient le premier rôle, une salle à manger baroque
aux murs couverts de toiles représentant des amon-
cellements de fleurs, de fruits et de mets savoureux,
une chambre immense tendue de velours vert, un
atrium où trônait une fontaine, une vaste bibliothèque remplie de livres de droit et une dizaine
d'autres pièces meublées avec le plus extrême raf-
finement.

— Lord Benjamin a fait appel aux meilleurs
décorateurs européens, précisa Orazio Paternoster.

— Tout... tout est vrai ? s'enquit Marlow.

— Lord Benjamin avait horreur du faux et du toc ; quand un objet entrait dans cette demeure, il en vérifiait lui-même l'authenticité. Les deux ou trois marchands qui ont tenté de le tromper ont rapidement connu la prison.

Le nom d'Ariane Fenton était un label de qualité ; elle figurait au nombre des antiquaires les plus réputés de la capitale et avait joué contre l'avocat lors de la partie mortelle. Aussi Higgins posa-t-il une question qui s'imposait.

— Ariane Fenton faisait-elle partie des fournisseurs de lord Benjamin ?

— En effet : il lui a acheté plusieurs natures mortes du XVIe siècle, quelques statues romaines et des meubles vénitiens du XVIIe. Puis-je vous proposer un porto au salon rouge ?

Marlow acquiesça.

La pièce, entièrement tendue de velours rouge, ressemblait à un salon oriental : canapés profonds chargés de coussins multicolores, tapis d'Iran aux dégradés de rouge, tables en marqueterie, service à café en argent massif et tableau de très grande taille représentant un pacha turc régnant sur ses sujets.

Le superintendant osa à peine s'asseoir. Higgins resta debout. L'ex-inspecteur-chef humait le parfum de la maison, tentait de percevoir le génie du lieu et, à travers lui, celui du propriétaire.

Le porto était à la hauteur du mobilier et de la décoration ; sa longueur en bouche et son fruité méritaient les plus grands éloges.

— Cuvée personnelle de lord Benjamin, précisa

Orazio Paternoster ; il a acheté un domaine au Portugal voici une dizaine d'années et le fait exploiter par les meilleurs œnologues du pays.

— Combien de domestiques travaillent dans cette demeure ? demanda le superintendant.

— Je m'en occupe seul ; mes fonctions précises sont celles de chauffeur et de palefrenier. Les repas sont livrés par le meilleur traiteur de la capitale et le ménage assuré par des équipes extérieures et tournantes.

— Autrement dit, conclut Higgins, lord Benjamin n'avait confiance qu'en vous.

— Sans doute, inspecteur.

— Si nous parlions du mort, M. Paternoster ?

CHAPITRE VI

— À votre disposition, inspecteur, dit Orazio Paternoster, raide et digne.

— Selon vous, demanda Higgins, qui était lord Benjamin ?

— Un Gallois né à Cwmbrwyno. Famille titrée, mais désargentée. Études remarquables et une guerre splendide ; Military Cross, Victoria Cross et commandeur de l'Empire britannique. De lui, on disait qu'il était généreux, compétent et qu'il ne se trompait jamais. Lord Benjamin avait décidé, une fois pour toutes, de ne pas connaître l'échec ; il était prêt à utiliser n'importe quel moyen pour remporter la victoire. C'est pourquoi il n'a perdu aucun procès. Quand il acceptait une affaire, il était certain de satisfaire son client. De très hautes personnalités sont venues ici en grand secret ; lord Benjamin en a éconduit beaucoup. L'une d'elles appartenait même à la plus ancienne des institutions britanniques.

Scott Marlow se persuada d'avoir mal entendu ; par bonheur, Higgins ne creusa pas cette question-là.

— Quelle était la spécialité exacte de lord Benjamin ?

— Un simple domestique comme moi ne devrait pas être au courant, inspecteur, mais les circonstances étaient un peu... particulières.

— Que voulez-vous dire?

— Lord Benjamin, qui était discret, voire secret, se servait de ma personne comme d'un public ou d'un jury. Il déclamait, essayait une plaidoirie, développait des arguments.

— Osiez-vous le critiquer?

— Parfois.

— Tenait-il compte de vos remarques?

— Très rarement; lord Benjamin était imbu de sa supériorité et les faits lui donnaient raison. Divorces et successions constituaient ses champs de bataille préférés; il a fait gagner des millions de livres sterling à ses clients et a amassé une fortune considérable.

— Avait-il une passion pour l'argent?

— Uniquement dans la mesure où il l'aidait à manifester son pouvoir.

— Lui connaissiez-vous des ennemis?

— Curieusement, aucun.

Marlow fronça les sourcils.

— Pourquoi dites-vous curieusement?

— Parce qu'un homme riche, influent et puissant comme lord Benjamin attire fatalement jalousies et convoitises. Or, cela ne semblait pas être le cas. S'il avait reçu des menaces de mort ou estimé qu'un adversaire en voulait à sa vie, il m'en aurait parlé. Dans la mesure où il se croyait indestructible, la situation l'aurait amusé. N'oubliez pas, par surcroît, qu'aucun de ses clients n'était mécontent de ses services.

Higgins, de son écriture fine et rapide, prenait de nombreuses notes, les unes consacrées à lord Benjamin Wolf, les autres à Orazio Paternoster.

— Vous habitez ici, je suppose?

— Trois pièces dans les combles; je n'ai pas à me plaindre. Mes gages sont également satisfaisants.

— Étiez-vous en permanence à la disposition de lord Benjamin?

— Toute médaille a son revers, inspecteur.

Scott Marlow formula ce qu'il pensait depuis le début de l'interrogatoire.

— J'ai le sentiment que vous n'aimiez guère votre patron.

Orazio Paternoster prit un temps de réflexion.

— C'est exact, superintendant.

— Avez-vous conscience de l'importance de cette déclaration?

— On ne doit pas insulter la mémoire d'un mort, mais on ne doit pas davantage mentir.

— C'est beaucoup plus grave que vous ne le supposez; lord Benjamin a été assassiné.

Le chauffeur-palefrenier enregistra l'information avec le plus grand calme.

— La méthode est infiniment regrettable.

— À quelle méthode faites-vous allusion?

— Au crime lui-même; j'ignore la manière dont il a été commis. Pour moi, il s'agissait d'un arrêt du cœur.

— Que reprochiez-vous à votre patron? demanda Higgins.

' — Son manque d'amour pour les chevaux ; je me suis occupé d'eux ma vie durant et je ne supporte pas qu'on les maltraite. Entre la jument de lord Benjamin et lui, il y avait une totale incompatibilité d'humeur. Jamais il n'a réussi à la monter correctement. Ces derniers temps, elle l'énervait tellement qu'il la frappait ; j'ai dû intervenir, au risque de perdre ma place. Qui ne défend pas un animal en danger est le pire des lâches. Benjamin Wolf était une sorte de démon ; il me terrifiait, comme les autres. L'assassinat, je n'y crois pas encore. Personne n'aurait eu le courage de s'attaquer à lui et de le supprimer.

— Un suicide ? avança Higgins.

— Inconcevable, jugea Orazio Paternoster ; il s'aimait trop lui-même.

— N'étiez-vous pas un ennemi dangereux ? questionna Marlow, acide.

— Moi ? s'étonna le chauffeur-palefrenier, perdant contenance pour la première fois ; de quelle manière, grands dieux ?

— Il n'y a pas de chiens dans cette grande demeure, remarqua Higgins.

— Wolf ne les aimait pas et c'était réciproque.

— Les chats ?

— Même chose.

— Depuis combien de temps êtes-vous au service de lord Benjamin ?

— Un peu plus de cinq ans.

— Que faisiez-vous auparavant ?

— Palefrenier dans un manège privé où il venait

monter; à la suite de la mort d'un vieux domestique, il m'a sollicité et j'ai accepté.

— Conduire vous plaît-il?

— Je roule calmement. Lord Benjamin détestant être en retard, nous prenions toujours suffisamment de temps en prévision d'un embouteillage.

— Que comptez-vous faire, à présent?

— Chercher du travail ailleurs, après m'être assuré que la jument tombera entre de bonnes mains. Elle n'aimait pas son maître; cette disparition ne lui causera aucun chagrin. J'espère que l'avenir lui sera favorable. Dois-je vous resservir du porto, messieurs?

Marlow acquiesça.

— Avez-vous déjà été inquiété par la police, M. Paternoster?

— Jamais, superintendant; pour moi, le code de la route est plus important que la Bible.

— Fouillez bien dans vos souvenirs : un client de lord Benjamin ne l'aurait-il pas agressé, d'une manière ou d'une autre?

— Le fait aurait été si extraordinaire que la plus mauvaise des mémoires l'aurait enregistré.

— Lord Benjamin aimait-il le tennis? demanda Higgins.

— Non seulement il jouait fort bien mais encore son rôle administratif au *All England Lawn Tennis and Croquet Club* l'intéressait au plus haut point. Il assistait volontiers aux commissions de classement des joueurs et l'on avait déjà prononcé son nom comme futur délégué général du tournoi.

— Pratiquait-il d'autres sports ?

— Non, seulement le tennis ; adolescent, l'idée de devenir professionnel l'avait effleuré.

Higgins s'assit.

— Si vous nous racontiez en détail cette terrible matinée, M. Paternoster ?

CHAPITRE VII

— Que désirez-vous savoir exactement?
demanda Orazio Paternoster, un rien méprisant.

— Commençons par le début, suggéra Higgins,
bonhomme. À quelle heure s'est levé lord Benjamin?

— À sept heures, comme chaque jour, dimanche
compris; il avait horreur de la grasse matinée et
n'était jamais malade.

— Il ne prenait donc pas de médicaments?

— Si, un seul; un remède puissant pour les reins.
Une blessure de guerre l'obligeait à se surveiller.

— Quand l'absorbait-il?

— Au lever, avant le petit déjeuner.

— Où rangeait-il ce produit?

— Dans l'une des armoires de sa salle de bains.

— Pourriez-vous nous le montrer?

— Sans difficulté.

Orazio Paternoster s'absenta quelques minutes et
revint porteur d'une boîte ronde contenant de petites
pilules roses; en déchiffrant le nom du produit, Higgins constata qu'il faisait partie des trois médicaments indiqués par Babkocks.

— Pièce à conviction, jugea Marlow, satisfait de détenir la première partie de l'arme du crime.

— Souffrez-vous d'une affection quelconque ? interrogea l'ex-inspecteur-chef.

— Pas à ma connaissance, répondit le chauffeur-palefrenier : je ne prends qu'un seul remède : du thé très fort, une dizaine de fois par jour.

— Ce matin-là, lord Benjamin vous a-t-il fait des confidences ?

— Aucune, mais il paraissait d'excellente humeur, comme s'il se préparait à conclure une affaire difficile. Il a revêtu un costume plutôt sportif, et noué la cravate prouvant son appartenance au *All England Lawn-Tennis and Croquet Club*. Puis il m'a fait charger ses raquettes et m'a demandé de l'emmener à Wimbledon.

— Aucun incident pendant le parcours ?

— Pas le moindre.

— Lord Benjamin vous a-t-il donné des consignes particulières ?

— Non. Comme je devais l'attendre, j'ai eu envie d'assister au match et me suis installé sur les gradins.

— Avant le début de la partie, rien à signaler ?

— Si... un curieux incident. Sans vouloir être indiscret, j'ai entendu une altercation entre lord Benjamin et Claudia Danseer. Il avait pris une décision qui la contrariait au point de la mettre en colère et de jeter sa raquette par terre.

— Vous souvenez-vous des paroles échangées ?

— Sans pouvoir être très précis, je crois qu'elle a

dit : « Tu n'as pas le droit de faire ça » ; et lord Benjamin a répondu : « Au contraire, tu es mariée, je suis célibataire. » Si les termes ne sont pas tout à fait exacts, l'esprit y est.

— Lord Benjamin était séduisant, avait de la classe et de l'argent, rappela Marlow ; n'était-il pas... couvert de femmes ?

— Je l'ignore, superintendant ; certains soirs, un taxi venait le prendre et le ramenait à l'aube. Bien entendu, je ne me serais pas permis de l'interroger sur sa vie privée.

— Claudia Danseer est-elle venue ici ? demanda Higgins, d'une voix très douce.

Orazio Paternoster hésita.

— Quelquefois.

— Était-elle la maîtresse de lord Benjamin ?

— Ce n'est pas impossible ; ses heures de rendez-vous me semblaient assez peu professionnelles.

— Depuis combien de temps durait cette liaison ?

— S'il s'agit bien d'une liaison, inspecteur, elle est au moins aussi ancienne que mon arrivée dans cette demeure.

— D'autres femmes ?

— C'est la seule que lord Benjamin recevait après dix-huit heures.

— Revenons à Wimbledon ; vous avez donc assisté à la partie ?

— En effet, inspecteur ; un double mixte opposant lord Benjamin Wolf et Claudia Danseer à David Knott et Ariane Fenton.

— Vous avez cité d'autres noms dans votre premier témoignage.

— En effet... Sir William Danseer arbitrait la partie, Lucida Knott et son jeune garçon, Toby, faisaient fonction de juges de ligne.

— Vous connaissiez bien toutes ces personnes ?

— Des familiers de lord Benjamin.

— La partie avait-elle un enjeu ?

— Si tel était le cas, lord Benjamin ne me l'avait pas indiqué.

— Comment le match s'est-il déroulé ?

— Le premier set fut nettement à l'avantage de lord Benjamin et de sa partenaire. Il servait bien, même en seconde balle, volleyait à la perfection et avait le pied jardinier des meilleurs joueurs sur l'herbe. Claudia Danseer était plus inégale ; à cause de la nervosité, elle ratait des coups faciles. On aurait juré qu'elle hésitait à frapper.

— L'équipe adverse ?

— Plutôt dépassée ; David Knott était encore plus nerveux que Claudia Danseer. Service médiocre, volées imprécises, retours approximatifs... pourtant, on sentait qu'il pouvait beaucoup mieux jouer. Quant à Ariane Fenton, elle mêlait des ratés spectaculaires à des exploits en nombre insuffisant. Ils ne remportèrent qu'un seul jeu dans le premier set.

— Avez-vous remarqué quelque chose d'insolite, lors des changements de côté ?

— Non... chacun s'essuyait et buvait.

— Le second set ?

— Beaucoup plus acharné. David Knott a piqué une colère contre lui-même et shooté dans le filet ; cet accès de rage l'a libéré. Comme sa partenaire déployait une belle énergie tout en ratant presque toutes ses volées, ils ont réussi à mener par trois jeux à deux. Claudia Danseer demeurait égale à elle-même, toujours un peu hésitante, mais lord Benjamin faiblissait de manière inexplicable. Son énergie disparaissait et il frappait la balle comme un amateur, sans puissance et sans précision ; c'est pourquoi il fut mené 0-40 sur son service. Dans un sursaut, il monta au filet. C'est alors que le drame se produisit. Il lâcha sa raquette, porta les mains à son cœur et s'écroula.

— Avez-vous entendu un coup de feu ?

La question parut surprendre Orazio Paternoster.

— Un coup de feu ? Non... vraiment non.

— Avez-vous bu du thé réservé aux joueurs ?

— Vous n'y pensez pas, inspecteur !

— Comment avez-vous jugé le comportement de l'arbitre ?

— Sir William Danseer fut un peu hésitant, me semble-t-il ; il a même commis une erreur énorme en jugeant bonne une balle *out*. Une volée de Knott, si ma mémoire est bonne... Lord Benjamin est intervenu et l'arbitre est revenu sur sa décision.

— Et les juges de ligne ?

— Lucida Knott semblait un peu perdue dans ses pensées et a souvent annoncé ses décisions avec retard ; mais elle s'est aussi rendue utile en ramassant les balles. Le petit Toby est demeuré très attentif, conscient de l'importance de la mission.

— A-t-il bu du thé ?

— Non. En revanche, sa mère et l'arbitre se sont désaltérés à la fin du premier set.

— D'autres détails ?

Orazio Paternoster se concentra.

— Je crois que je vous ai tout dit, inspecteur.

CHAPITRE VIII

Higgins et Marlow contemplèrent la célèbre façade blanche de Sotheby's, dans Old Bond Street, non loin de l'aristocratique quartier de Mayfair qui portait ce nom en souvenir d'une foire qui s'était tenue là au mois de mai, jusqu'à l'époque de George III. Les deux étages de Sotheby's étaient empreints de cet esprit aristocratique que les temps les plus pervertis ne parviendraient pas à user. Au fronton de l'une des arcades du rez-de-chaussée trônait un buste de la déesse Sekhmet, la déesse lionne de l'Égypte ancienne, patronne des médecins. Elle terrifiait et dévorait les profanes. De la porte principale, aux panneaux noirs rehaussés d'un liseré d'or, et encadrée de deux colonnes, sortit un homme de quarante-cinq ans, à l'élégance très recherchée ; veste en tweed brouillé, chemise noire à raies blanches, cravate de tricot rouge, pantalon en flanelle grise et mocassins à pompons faisaient du personnage un véritable dandy.

— C'est lui, constata le superintendant en regardant une photographie.

Sans brutalité, les deux policiers coupèrent la route de l'homme qui hélait un taxi.

— Sir William Danseer?

Le dandy chaussa ses lunettes demi-lune qui pendaient au bout d'une chaîne en or.

— À qui ai-je l'honneur?

— Superintendant Marlow et inspecteur Higgins.

— Scotland Yard? Mais pour quelle raison...

— Nous aimerions nous entretenir avec vous de manière discrète; c'est pourquoi nous n'avons pas voulu vous déranger à votre bureau.

— Remarquable, gentlemen! Si la police de Sa Majesté adopte les bonnes manières, la civilisation britannique porte les plus grands espoirs. M'accorderez-vous le privilège de m'accompagner? Mon épouse m'attend pour le thé et je n'aimerais pas la faire attendre.

Sir William habitait un magnifique hôtel particulier de Mayfair, entouré d'un jardin garni de bordures mêlées que seul un Anglais de bonne souche parvenait à faire pousser. Commissaire-priseur chez Sotheby's, William Danseer aimait se réfugier dans cette demeure si calme au cœur de la grande cité. Un domestique en veste blanche ouvrit la porte et guida les policiers jusqu'à un grand salon : le feu était toujours allumé dans la cheminée et la carafe de cherry était posée en permanence sur la table. La moquette rose recevait les parcimonieux rayons de soleil qui passaient par les grandes baies donnant sur le jardin. Les doubles rideaux à fleurs et les nappes vert pomme recouvrant les guéridons créaient une atmosphère douce et tranquille, détachée des exigences de la vie moderne. Higgins et Marlow s'assirent dans des fauteuils jaune pâle à oreillettes, sir William choisit un cabriolet.

Le domestique servit le cherry et s'éclipsa.

— Sans vouloir vous bousculer, messieurs, pourrais-je connaître les raisons de votre visite ?

— L'assassinat de lord Benjamin Wolf, indiqua le superintendant.

Sir William, comme tétanisé, garda son verre en l'air.

— Assassinat ? Le terme me paraît excessif ! Mon ami Benjamin est mort d'une crise cardiaque, et...

— Le médecin légiste est formel, ajouta Scott Marlow, et le terme que j'ai utilisé est le seul exact.

— Mais comment...

— Secret de l'enquête, intervint Higgins. Nous avons élucidé le mécanisme du crime mais nous ne pouvons vous donner aucune indication.

— C'est bien compréhensible, inspecteur, mais Benjamin assassiné... c'est impossible ! Il était indestructible, avait la vitalité d'un roc et la solidité d'un chêne ! Qui aurait été assez fou ou assez cruel pour tuer un homme aussi brillant que lord Benjamin ?

— Nous identifierons l'assassin, promit Higgins ; acceptez-vous de nous aider dans notre tâche ?

— Dans la mesure de mes moyens, sans aucune restriction ! J'aimais beaucoup Benjamin. Bien sûr, il avait des défauts : trop sûr de lui, trop autoritaire, mais un ami loyal, un avocat de génie et un amateur

d'art éclairé. Sa conversation était un régal ; tant de
brillance, tant de culture, tant de panache ! Trop de
gens lui « léchaient les bottes », comme l'on dit vul-
gairement en français, trop de flatteurs oubliaient de
lui signaler ses erreurs, petites ou grandes ; moi, je
n'hésitais pas à le critiquer. Il le prenait plutôt mal,
je vous l'avoue, mais ces petites disputes renfor-
çaient nos liens.

— Des disputes... de quel ordre ?

— Datation des tapis persans, évaluation des
vases chinois et *tutti quanti*... Benjamin voulait me
damer le pion sur mon propre terrain ! Croyez bien
que je restais campé sur mes positions, fort de véri-
tés scientifiques.

L'entrée de Claudia Danseer interrompit la
conversation ; l'épouse du commissaire-priseur était
une fort belle femme de trente-huit ans qui consen-
tait à en avouer trente-sept, persuadée que ce léger
écart lui permettrait de vieillir beaucoup moins vite.
Rousse, très vive, elle portait un superbe ensemble
vert. Son collier d'émeraudes aurait émerveillé le
plus exigeant des joailliers.

Son mari se leva et la prit tendrement par les
mains.

— Le superintendant Marlow et l'inspecteur Higgins viennent de m'apprendre une terrible nouvelle,
ma chère : notre ami Benjamin n'est pas mort d'une
crise cardiaque, comme nous l'avons tous cru.

— Mais alors...

— Benjamin a été assassiné.

— Benjamin... Quelle horreur !

Sir William aida son épouse à s'asseoir; elle paraissait traumatisée. Un verre de cherry lui redonna des couleurs. Dame du monde, elle était fort attirante et savait jouer de sa séduction naturelle.

— Pardon de vous importuner, reprit Higgins; en un moment aussi pénible, il est difficile de vous poser des questions. Nous reviendrons, si vous le désirez.

— Non... nous devons vous aider, déclara fièrement Claudia Danseer. Lord Benjamin n'aurait pas aimé que l'on s'apitoyât sur son sort; il faut que son assassin soit retrouvé et qu'il soit châtié!

— Telle est bien notre intention, affirma Scott Marlow, auguste.

— Quel était l'enjeu du double mixte?

— L'enjeu? s'étonna sir William. Il n'y en avait pas d'autre que le plaisir de jouer sur le court central de Wimbledon. Enfin, pour ceux qui pratiquent correctement le tennis, ce qui n'est pas mon cas!

— Vous étiez arbitre, me semble-t-il?

— Un rôle difficile, croyez-moi! Heureusement, je connais les règles. Mais je me suis quand même trompé à plusieurs reprises. Ma faute la plus flagrante, Benjamin n'a pas manqué de me la faire remarquer. Contrairement à un véritable arbitre, je suis revenu sur ma décision.

— Quelle fut la qualité du jeu, à votre avis?

— Excellente, inspecteur! Premier set nettement à l'avantage de Benjamin et de mon épouse : 6-1. Ensuite, le match s'est équilibré.

— Lord Benjamin a moins bien joué, précisa

Claudia Danseer. Son service s'est affaibli, sa volée est devenue moins précise.

— Vous a-t-il parlé, sur le terrain ?

— Oui, pour me donner des conseils.

— Qu'avez-vous pensé de vos adversaires ?

— J'ai cru qu'ils étaient dépassés par le rythme qu'imprimait lord Benjamin. Lorsqu'il a fléchi, ils se sont montrés dangereux.

— Devant vous non plus, madame, lord Benjamin n'a pas évoqué l'enjeu de cette partie exceptionnelle ?

— « Exceptionnelle » : vous venez de trouver l'épithète juste, inspecteur. Voilà ce qui intéressait notre hôte comme nous-mêmes.

Higgins consulta son carnet noir.

— Aux changements de côté, que se passait-il ?

— Rien que de très classique, répondit Claudia Danseer ; nous nous sommes essuyés et avons bu un peu de thé froid.

— À la fin du premier set, ajouta sir William, ma juge de ligne, Lucida Knott, et moi-même, nous sommes également désaltérés.

— Je vous prie de bien rassembler vos souvenirs, déclara Higgins, solennel ; au moment où lord Benjamin a effectué son ultime montée au filet, avez-vous entendu un coup de feu ?

Sir William et son épouse ne réfléchirent pas longtemps.

— Non, répondit-il.

— Je n'en ai pas l'impression, dit-elle.

— Pourquoi cette réserve ?

— Nous aurions pu le confondre avec le claque-
ment d'une balle.

— Je ne le crois pas, suggéra Higgins; les deux
bruits sont sensiblement différents. Au cours de la
partie, sir William, avez-vous noté quelque chose
d'étrange?

Le commissaire-priseur essuya ses lunettes en
demi-lune.

— Ce fut un match normal et régulier... Je n'ai
vraiment noté aucune bizarrerie.

— Moi non plus, ajouta Claudia Danseer; notre
seul but était de nous amuser en foulant le plus
illustre gazon du monde. Et puis, ce drame atroce !

Higgins se leva; Marlow l'imita.

— Nous ne vous importunerons pas plus longtemps; merci de votre aide.

— Je vous raccompagne, dit Claudia Danseer.

Sur le perron de l'hôtel particulier, Higgins se
retourna vers la maîtresse de maison et lui parla à
voix basse.

— Nous devrions avoir un autre entretien,
suggéra-t-il.

— Est-ce nécessaire, inspecteur?

— Je le crains, madame.

— Vous savez que...

Higgins demeura silencieux.

— Bien, inspecteur; après-demain matin, onze
heures, au Monument. Je serai voilée.

CHAPITRE IX

Le magasin d'Ariane Fenton se trouvait au cœur de Londres, dans une petite artère très passante; il occupait le rez-de-chaussée d'un immeuble en briques rouges. Au fronton, un blason doré portant l'inscription « *Fine Art Dealer* ». En vitrine, un bouddha japonais et une stèle égyptienne.

Les deux policiers pénétrèrent dans une profonde galerie où étaient exposés quantité de meubles, de vases et de pièces archéologiques; Higgins s'attarda longuement sur un vase chinois et une commode Regency. Une vendeuse s'approcha de lui.

— Puis-je vous aider, monsieur?

— Nous aimerions voir mademoiselle Fenton.

— Avez-vous rendez-vous?

— Je crains que non; mais si vous annoncez le superintendant Marlow et l'inspecteur Higgins, elle devrait nous recevoir.

La prédiction de l'ex-inspecteur-chef se réalisa rapidement.

Ariane Fenton accueillit les deux hommes dans un bureau encombré de dossiers et de petits objets; la

jolie brunette portait un tailleur rouge du meilleur
effet. La voix, nerveuse et haut perchée, traduisait
une anxiété perceptible.

— Pourquoi cette visite, messieurs?

— Pour vous annoncer une nouvelle très confi-
dentielle, révéla Marlow; lord Benjamin Wolf a été
assassiné.

— Assassiné? En êtes-vous sûr?

— Certain.

— Pourtant, je l'ai vu tomber devant moi, de
l'autre côté du filet... il a crié, porté les mains à son
cœur après avoir lâché sa raquette et s'est effondré;
mes amis et moi-même étions persuadés qu'il s'agissait d'une crise cardiaque. S'il s'agit d'un crime,
comment a-t-il été commis?

— Nous ne pouvons vous le révéler.

— Avez-vous identifié l'assassin?

— Nous comptons sur vous pour nous aider.

Ariane Fenton se leva.

— Pourrions-nous discuter chez moi?

— À votre guise.

L'appartement de l'antiquaire, dans Kensington
sud, était une bonbonnière; malgré la taille des six
pièces, toutes paraissaient petites; elles étaient
encombrées de miroirs précieux, de sous-verre,
d'abat-jour, de flacons de parfums, de chandeliers,
de mille et une sortes de chaises, de boîtes à maquil-
lage et d'une incroyable accumulation de babioles
plus ou moins précieuses. L'atmosphère était rendue
plus étouffante encore par un tissu mural surchargé
de fleurs rouges et vertes. Elle dut ôter deux piles

d'assiettes anciennes posées sur de raides sièges
Louis XIII pour que les deux policiers puissent
s'asseoir.

— Whisky écossais ou porto ?

Marlow et Higgins optèrent pour la première solution. Ariane Fenton servit le whisky sec et généreux.
La qualité était plutôt médiocre.

L'antiquaire marcha de long en large.

— Assassiné... Qui peut comprendre une chose
pareille ? Lord Benjamin semblait indestructible. Il
n'était jamais malade, jouissait de la plus formidable
des énergies et épuisait tout le monde autour de lui.
Un sale caractère, c'est vrai, mais quel talent !

— Vous avait-il aidée à gagner un procès ? interrogea Higgins en sortant son carnet noir.

— Une succession difficile... Ses collègues
m'avaient conseillée de ne même pas lutter. Lui,
après avoir étudié longuement le dossier, m'a promis que nous gagnerions. Et nous avons gagné ;
grâce à lord Benjamin, j'ai touché une grosse
somme et j'ai pu développer mon affaire ; sans cet
argent et sans les relations qu'il m'a apportées, c'eût
été impossible.

— Votre activité implique-t-elle beaucoup de
mondanités ?

— Oui, inspecteur, mais j'adore ça ! Rencontrer
des gens, organiser des dîners, confronter des exis-
tences, n'est-ce pas merveilleux ?

— C'est selon, mademoiselle.

— Mes acheteurs ont besoin d'être en confiance ;
au cours d'un dîner ou d'un cocktail, j'apprends à

connaître leurs goûts et leurs passions. Il m'est plus facile, ensuite, de les orienter vers tel ou tel objet.

— Vous ne cessez donc jamais de travailler.

— C'est le lot de certains métiers, inspecteur ; n'est-ce pas aussi votre cas ?

— Vous et lord Benjamin êtes donc restés amis.

La brunette sourit, comme si elle songeait à de délicieux souvenirs.

— Amis... pas seulement.

Scott Marlow se sentit affreusement gêné.

— Nous avons eu une liaison, inspecteur ; nous avons malheureusement rompu voici quelques mois, d'un commun accord. Les orages devenaient trop fréquents ; je regrette néanmoins la merveilleuse période où nous nous accordions. Quelques week-ends à la campagne, des vacances en Italie, des soirées délicieuses dans les meilleurs restaurants... Lord Benjamin savait vivre.

En posant son verre, Marlow faillit renverser un canapé au pied duquel étaient entassées de fines porcelaines jouxtant un guéridon en équilibre sur un buffet Tudor. L'ensemble vacilla mais ne s'effondra pas.

— Votre sincérité vous honore, reconnut Higgins.

— Mon existence est publique, inspecteur ; vous auriez appris tôt ou tard ma liaison. Autant vous la révéler moi-même. Pour moi, la morale est une invention de politiciens véreux qui ont voulu asservir l'humanité et la faire rentrer dans des cadres rigides ; je suis une femme très libre et ne le cache pas.

Le superintendant était horrifié. Si l'Empire s'était affaibli, n'était-ce pas à cause de créatures comme celle-là, impudiques et dépravées ? Il lui aurait volontiers passé les menottes sans délai.

— Pardonnez-moi d'être à ce point indiscret, déplora Higgins, mais saviez-vous si lord Benjamin avait d'autres maîtresses ?

— Sans aucun doute, mais je n'ai pas cherché à les connaître. La jalousie ne fait pas partie de mon caractère. Comment un homme comme lui n'aurait-il pas été couvert de femmes ? Beau, intelligent, riche, cultivé, un peu brutal, imperméable à tout conseil... Que désirer de plus ?

Le superintendant, qui avait pourtant horreur des cadavres, eût préféré se trouver en présence d'un mort baignant dans son sang plutôt que devant cette diablesse qui débitait les plus infâmes des propos avec une incroyable placidité.

— Les Danseer étaient-ils vos amis ?

— Sir William, une simple relation mondaine ; Claudia, une excellente amie. C'est une femme merveilleuse, très indépendante, qui ne s'est pas laissé prendre au piège de la bourgeoisie.

— Étiez-vous heureuse de participer à ce match de tennis ?

— Jouer sur le central de Wimbledon, quel exploit ! Ce genre de cadeau fabuleux était bien dans la manière de lord Benjamin. Pour rien au monde, je n'aurais voulu rater ça !

— Pourtant, d'après les témoignages recueillis, votre équipe avait mal débuté.

— Ni David Knott, ni moi-même ne parvenions à poser notre jeu. Au second set, ce fut différent ! Nous avions bien l'intention de le gagner.

— Le match avait-il un enjeu ?

— Jouer sur le central, ça ne vous suffit pas ?

— La famille Knott fait-elle partie de vos relations ?

— Contacts sympathiques et très éloignés. Prenez-vous toujours autant de notes, inspecteur ?

— J'ai une mauvaise mémoire, mademoiselle, et je ne dois pas trahir mes interlocuteurs.

— Dans le fil de la conversation, on peut parfois se tromper.

— Toute erreur n'est-elle pas significative lorsqu'il s'agit d'un crime ? demanda Higgins avec un bon sourire.

Ariane Fenton parut désarçonnée.

— Seriez-vous un être impitoyable, inspecteur ?

— Simplement un chercheur de vérité, mademoiselle : lorsqu'un assassin est identifié, l'âme de sa victime peut enfin reposer en paix, même si la justice rendue par les hommes n'est souvent qu'une mascarade. Comment avez-vous trouvé le thé ?

— Le thé... quel thé ?

— Celui que vous avez bu pendant le match, lors des changements de côté.

— Ah oui, ce thé-là... il était froid, mais excellent. Il m'a redonné un coup de fouet, je l'avoue.

— Tous les joueurs en ont bu ?

— Mais bien sûr ! Même l'arbitre et la femme de Knott se sont désaltérés, entre les deux sets.

Le regard d'Ariane Fenton brilla de curiosité.

— Ce breuvage contenait-il un poison?

— Je n'ai rien dit de semblable.

— Non, c'est idiot... nous serions tous morts.

— Lorsque lord Benjamin est monté pour la dernière fois au filet, avez-vous entendu un coup de feu?

Les yeux de l'antiquaire s'agrandirent.

— Un coup de feu? Mon Dieu, non! Aurais-je dû l'entendre? Quelqu'un a-t-il tiré?

Higgins se leva et s'approcha de la jolie brune.

— J'ai une grande faveur à vous demander, mademoiselle.

Elle se détendit, ravie.

— À moi... Mais de quel ordre?

— Je ne suis pas un excellent tennisman, mais j'aimerais beaucoup échanger quelques balles avec vous.

— Quelle fameuse idée! Où et quand, inspecteur?

— Après-demain, quatorze heures, à Wimbledon.

Le rappel d'Alison Rabbo était de connaître —
— Ce langage continuait-il au passé?
— Je n'ai rien dit de véritable.
— Non, c'est Moll, nous sommes trop nuls.
— Lorsque Lord Benjamin est monté pour la dernière fois, êtes-vous agréable au corps de lit?

Les rides de l'antiquaire s'aplanirent.
— Un coup de feu? Mon Dieu, cria Alison.
Je t'entends? Qu'ai-je un ai tirer?
Celle-ci se leva et s'approcha de la jolie femme.
Et ne l'a-t-elle ajouté disant à voix basse: de mademoiselle.
Elle se détruit, rivée.
— À moi, Moll, tu quel effet?
Je ne suis pas en mesure à restituer, mais j'aurais beaucoup. Charger quelque chose avec vous.
— Quelle femme? Depuis jadi, où et aussi, stupeur d'honte?
Après demi-n quatrième battue à Wimbledon.

CHAPITRE X

Il est une partie de Chelsea que seuls connaissent les initiés et qui n'est plus tout à fait dans Londres ; soudain, la grande ville s'estompe et laisse place à de petites maisons noyées dans la verdure. C'est là qu'habitait la famille Knott.

Un tel calme aurait dû rasséréner le superintendant qui, pourtant, ne décolérait pas.

— Mais enfin, Higgins ! Pourquoi une pareille lubie ? Comment voulez-vous que je m'arrange pour que Scotland Yard réquisitionne le court central de Wimbledon ? Nous allons à l'émeute !

— Réquisitionner est un bien grand mot ; un quart d'heure me suffira.

— L'enquête exige-t-elle que vous jouiez au tennis avec cette demoiselle ?

— Avez-vous bien examiné son magasin d'antiquités, mon cher Marlow ?

— Je crois, mais...

— En ce cas, vous avez constaté qu'Ariane Fenton mérite toute notre attention.

Le superintendant sut que son collègue n'en dirait

pas plus; personne n'avait jamais réussi à faire parler Higgins lorsqu'il avait décidé de se taire. Obstiné, il ne confiait pas volontiers ses projets et poursuivait sa quête sans se soucier des avis extérieurs; ce comportement lui avait valu bien des ennuis administratifs.

La demeure de Knott, construite en brique, blanchie et couverte d'un toit de tuiles anciennes, n'était pas un chef-d'œuvre d'architecture; le jardin qui l'entourait, en revanche, constituait un véritable régal pour l'œil. Autour d'un petit étang où sommeillaient des nymphéas, deux saules pleureurs unissaient leurs feuillages en une voûte délicate et mystérieuse; de nombreuses rocailles servaient d'écrins à des iris jaunes et violets. Des pétasites japonicus aux feuilles géantes évoquaient une forêt tandis qu'un savant fouillis de fougères cachait le cottage aux passants. Pour parvenir à l'entrée, il fallait emprunter une petite allée sablée bordée de poteries de grande taille où poussaient des géraniums et des lys. En connaisseur, Higgins jugea que l'entretien de ce petit paradis exigeait de nombreuses heures de travail.

Il n'y avait pas de sonnette, mais un heurtoir. Marlow frappa. Dans le couloir, des pas précipités. La porte s'ouvrit.

— Qu'est-ce que tu veux, toi?

L'individu qui avait posé cette question de manière si peu élégante était âgé d'une dizaine d'années et se tenait, bras croisés et regard noir, sur le seuil de sa maison. Son visage était parsemé de taches de rousseur et ses grosses lunettes rondes lui donnaient un curieux air d'intellectuel; le nez en trompette n'améliorait guère l'ensemble. Le gamin était pourtant vêtu avec une certaine recherche : short bleu long et veste d'été rayée, rouge et blanche.

— Nous sommes de la police, indiqua Scott Marlow. Tes parents sont-ils ici?

— Réponds pas aux questions; z'avez un mandat?

— Dépêche-toi.

— Je connais la loi; vous n'avez pas le droit de rentrer comme ça chez les gens.

Scott Marlow partageait l'opinion d'un philosophe selon lequel « un homme qui déteste les enfants ne peut être foncièrement mauvais ». Cet exemple-là semblait être particulièrement remarquable.

— Je peux devenir très méchant lorsque je me mets en colère, révéla le superintendant dont l'irritation était perceptible.

Toby Knott apprécia rapidement la situation; comme elle commençait à se gâter, il battit en retraite.

— Papa et maman se trouvent dans le jardin de derrière; passez le long de la maison et ne piétinez pas les bordures de fleurs.

— Merci, mon petit, dit Marlow, les dents serrées.

Par bonheur, le renseignement était exact; sinon, le superintendant serait revenu administrer au garnement la fessée méritée.

Conformément à la tradition britannique, inimitable partout ailleurs, les Knott avaient aménagé un jardin à peine domestiqué où ne sévissaient ni taille géométrique à la française, preuve d'un esprit barbare et sectaire, ni architecture horizontale à l'italienne, simple projection d'un bâtiment sur la nature ; ici, arbres, plantes et fleurs vivaient en liberté, adoptaient les formes qui leur convenaient, en toute spontanéité, sans contrainte et sans artifice. Pas la moindre rigidité ; au contraire, des lignes délicates et charmeuses, et un culte du *crescent*, cette courbe aristocratique qui, dans les villes, caractérisait d'ailleurs les quartiers les plus huppés.

David Knott, en chemise blanche à manches courtes et en pantalon de flanelle grise, était assis dans un fauteuil en rotin et collait des étiquettes sur des coquillages. Il ne leva pas la tête lorsqu'il entendit les pas des visiteurs.

— Que puis-je pour vous, messieurs ?

— Superintendant Marlow et inspecteur Higgins, de Scotland Yard.

— Votre visite doit être liée à la mort de mon ami Benjamin Wolf.

— Pourquoi cette certitude, M. Knott ?

— Parce que la disparition d'un personnage de cette envergure s'accompagne obligatoirement d'une enquête.

David Knott colla une nouvelle étiquette sur un coquillage rose à la forme spiralée. Petit, les cheveux très noirs, le front large, il avait de grandes oreilles et un nez très fin. Le visage ne manquait ni d'autorité ni de charme ; il exprimait une volonté certaine.

— Pourriez-vous nous accorder un entretien ?

— Pourquoi pas, si vous avez des questions précises à me poser ? Mon métier est très accaparant, et j'ai horreur d'être dérangé pour rien pendant mes trop brèves périodes de loisir.

— Nous espérons ne pas vous décevoir, dit Higgins sur un ton conciliant.

David Knott leva enfin les yeux ; le regard était direct, presque brutal.

— Inspecteur Higgins... J'ai déjà entendu prononcer ce nom ; n'êtes-vous pas le meilleur spécialiste du Yard pour les affaires très délicates ? C'est bien ça, j'y suis... En ce cas, votre présence signifie que Benjamin Wolf a été assassiné !

— C'est la vérité, reconnut l'ex-inspecteur-chef.

David Knott rangea soigneusement ses coquillages dans une boîte capitonnée.

— Par qui et comment ?

— Comment, nous le savons.

— Secret de l'enquête, je suppose ? D'accord. Et qui soupçonnez-vous ?

— Toutes les personnes présentes sur le court central de Wimbledon lors du décès de sir Benjamin.

Knott referma sèchement la boîte.

— Voilà qui est direct !

Toby Knott réapparut, un cornet de glace dans la main droite.

— C'est bien des policiers, daddy ? Méfie-toi. Il y a plein de gangsters qui entrent chez les gens en se faisant passer pour Scotland Yard.

Marlow jugea délirante l'imagination de ce garnement ; comment un enfant de cet âge pouvait-il proférer de pareils mensonges ?

— Retourne dans ta chambre, ordonna David Knott ; l'école n'est pas finie, que je sache.

— L'école, pouah !

— Souhaites-tu être enfermé tout le week-end ?

— Bon, j'y vais ; amuse-toi bien avec la police.

Le gamin disparut en courant.

— Il n'est pas méchant, commenta son père, mais la discipline, aujourd'hui...

— Quelle est votre profession exacte ? interrogea Higgins.

— Vautour. En tant que financier, je suis spécialisé dans la liquidation des entreprises en faillite. Un job très lucratif et sans pitié.

David Knott n'eut pas le temps de s'étendre plus longtemps sur les impératifs de son dur labeur ; apparut une femme d'une telle beauté que Marlow et Higgins en eurent le souffle coupé. Blonde, élancée, le corps moulé dans une robe vert pâle s'arrêtant aux genoux et laissant les épaules découvertes, elle évoquait la plus parfaite des Aphrodites sortant de l'océan pour semer l'amour dans le cœur des hommes.

Marchant pieds nus sur le gazon, elle tenait dans la main gauche une petite roulette et dans la droite un escarpin rempli de jetons.

La vue des deux étrangers sembla la terroriser ; elle s'arrêta, incapable d'avancer.

— Mon épouse Lucida, indiqua Knott.

CHAPITRE XI

Le financier fit les présentations. Lucida Knott posa sur le sol la roulette et l'escarpin rempli de jetons.

— Une vieille habitude, expliqua son mari ; nous aimons jouer à toutes sortes de jeux, Lucida et moi. L'un de ses grands plaisirs étant de marcher pieds nus, j'ai eu l'idée de lui subtiliser ses chaussures, un soir, au casino de Brighton, et de les lui rapporter remplies de jetons et de plaques. Vous n'êtes pas choqué, j'espère ?

— Rassurez-vous, dit Higgins, qui devait faire appel à tout son pouvoir de concentration pour ne pas sombrer dans la contemplation de Lucida Knott, qui semblait sortie d'un tableau de la Renaissance italienne dû à un peintre de génie. Votre épouse joue-t-elle aussi au tennis ?

— Lucida n'est pas une grande sportive ; lors du match, elle a correctement tenu un rôle de juge de ligne. Par moments, elle a manqué un peu d'attention, mais aucune balle litigieuse n'a entaché la partie... Ah, si ! L'une de mes volées *out* d'un bon

mètre que notre arbitre, sir William Danseer, avait
vue bonne ! Heureusement, lord Benjamin est intervenu et, pour une fois, l'arbitre est revenu sur sa
décision.

— Votre fils était également juge de ligne ?

— Exact ; il s'est bien comporté. Je l'avais prévenu : à la première incartade, dehors ! Imaginez sa
fierté : à dix ans, avoir joué un rôle lors d'une partie
disputée sur le central de Wimbledon ! Il doit écraser
ses camarades de son exploit.

— Quel était l'enjeu de ce match extraordinaire ?

— L'enjeu... Mais se distraire, inspecteur, et se
fabriquer un merveilleux souvenir !

David Knott sortit un mouchoir de sa poche, parfumé au cyprès et à la lavande ; les odeurs suaves
flattèrent l'odorat de l'ex-inspecteur-chef.

— Une vieille coutume familiale, expliqua le
financier ; mon père et mon grand-père parfumaient
sans cesse leur mouchoir. Notre maison sent le cèdre
et le pin d'Alep ; n'est-ce pas le meilleur moyen
pour s'oxygéner en permanence ? Les senteurs des
forêts méditerranéennes incitent à mettre ses idées
en ordre. Puis-je vous faire une remarque très personnelle ?

— Je vous en prie.

— Votre petit carnet noir m'intrigue... Pendant
de longues années, j'ai moi-même pris des notes sur
des carnets comme celui-ci, mais de couleur rouge.
Des chiffres, des colonnes de chiffres... j'ai tout jeté.

— Vous êtes néanmoins demeuré un homme
méthodique ?

— Indispensable dans ma profession.

— Toute profession doit paraître trop absorbante lorsqu'on a la chance d'avoir une famille heureuse.

— Chacun sa croix, inspecteur.

— Comment s'est déroulé ce match dramatique, M. Knott?

— Plutôt mal dans le premier set! Ma partenaire, l'antiquaire Ariane Fenton, jouait aussi mal que moi. Nos adversaires profitaient sans vergogne de nos faiblesses; la volée de Benjamin Wolf était particulièrement ravageuse. Il montait très vite au filet, coupait les trajectoires, réussissait les contre-pieds... Bref, l'enfer!

— Le thé vous a-t-il fait du bien?

— Vous pouvez le dire! Une boisson rafraîchissante et énergétique. Au début du second set, j'ai commencé à mieux jouer. Ariane a réussi quelques coups magnifiques et nous avons enfin réussi à gagner nos services; heureusement, Benjamin Wolf a frappé sa balle avec moins de violence et de précision.

— Cette baisse de forme ne vous a-t-elle pas surpris?

— Dans un match, c'est tout à fait habituel; on ne peut pas jouer sur un tel registre pendant longtemps. Lorsqu'il a été mené 0-40, j'ai quand même été surpris; la balle devenait molle, flottante et indécise.

La voix de David Knott s'assombrit.

— Et puis il y a eu cette terrible montée au filet... Benjamin a crié de douleur, lâché sa raquette et s'est effondré sur le gazon de Wimbledon.

— Avez-vous entendu un coup de feu ?

Le financier fronça les sourcils.

— Certes pas.

Higgins s'adressa à Lucida Knott, qui gardait les yeux baissés.

— Et vous, madame ?

Elle sursauta.

— Moi ? Mais je n'ai rien fait !

David Knott prit tendrement la main de son épouse.

— L'inspecteur te demande si tu as entendu un coup de feu lorsque lord Benjamin s'est effondré.

Lucida Knott regarda son époux, affolée.

— Non, bien sûr que non !

— Moi non plus, je n'ai rien entendu ! déclara Toby Knott, caché derrière un fauteuil de jardin.

Son père se leva, furieux, mais le garçon avait déjà pris ses jambes à son cou.

— Tu ne devrais pas être aussi sévère, se plaignit Lucida.

— Toby est affreusement mal élevé, chérie ; si nous n'intervenons pas de temps à autre, ce sera pis encore.

— Ce n'est qu'un enfant ; la vie se chargera de le corriger.

David Knott haussa les épaules.

Higgins avait écouté avec attention la voix de Lucida Knott. Ce n'était pas celle d'une petite fille apeurée ou d'une ingénue ; elle était plutôt posée, quoique non dépourvue d'anxiété.

— À votre avis, M. Knott, qui aurait pu détester lord Benjamin au point de le supprimer ?

— Mais... personne ! Lord Benjamin n'avait aucun ennemi. C'était un homme peu commode, mais respecté et respectable.

— Est-ce également votre avis, Mme Knott ?

— Certainement, inspecteur.

— Un bourreau de travail, m'a-t-on dit.

— Exact, approuva David Knott. Personne ne savait monter un dossier comme lui ; savez-vous qu'il n'a jamais perdu une affaire ? Il refusait sans cesse des clients. En fait, Benjamin Wolf était rusé et intelligent. Il ne prenait aucun risque inutile et ne frappait qu'à bon escient.

— Sa santé était-elle bonne ?

— Florissante ! Lord Benjamin ignorait la notion même de maladie !

— Étant donné votre métier, vous ne deviez pas avoir beaucoup de rapports professionnels avec lui.

— En effet, inspecteur ; il m'avait néanmoins aidé à trouver des financements pour développer mon cabinet. Un mot de lord Benjamin, et les portes s'ouvraient.

Higgins consulta ses notes.

— Un détail m'intrigue : lord Benjamin était un excellent parti, comme l'on disait autrefois. Pourquoi ne s'est-il pas marié ?

David Knott parut gêné ; il ne répondit pas avec sa fermeté habituelle.

— La vie privée des êtres est très mystérieuse, inspecteur. Qui peut se vanter de la connaître ?

— Celle de lord Benjamin vous était donc inconnue ?

— Pourquoi m'en serais-je mêlé?

— Pourquoi, en effet?

L'ex-inspecteur-chef laissa s'installer un silence presque pénible que brisa Toby Knott.

— Je veux une autre glace.

Cette fois, son père s'en empara à temps; il le prit sous le bras et rentra dans la maison, malgré les hurlements du gamin.

Lucida Knott s'approcha de Higgins.

— Je dois vous parler, inspecteur, mais pas ici; demain, à neuf heures, devant Waterloo Station.

CHAPITRE XII

En cette fin de journée de juin, il ne pleuvait pas sur Londres et le temps était presque chaud ; bientôt, il tournerait à l'orage. Higgins espérait que la météorologie lui serait favorable et que sa partie de tennis avec Ariane Fenton aurait bien lieu.

Le superintendant avait tenu à passer au Yard où il occupait un bureau affligé, aux yeux de Higgins, d'un modernisme regrettable : un endroit où triomphaient le béton, l'acier et le plastique ne pouvait favoriser une réflexion approfondie. De plus, un siège qui ne ressemblait pas à un siège ne pouvait en être un ; l'ex-inspecteur-chef vérifia cette triste réalité en tentant de s'asseoir sur celui que proposait Marlow.

— Demain, Higgins, un seul indice — je dis bien un seul ! — suffira à résoudre une affaire criminelle. Prenez ce fusil que vous avez découvert sur le toit de la tribune du court central : le Yard pourra décrire son propriétaire, ses manies, l'heure exacte à laquelle il a tiré, et cent autres détails. Comme un criminel, fût-il le plus méfiant des hommes, laisse toujours un indice derrière lui, ceci signifie qu'aucun meurtre ne restera impuni.

— Le ciel vous entende. En attendant cette époque bénie, que donnent les expertises sur *notre* fusil?

— J'en ai demandé une nouvelle série, puisque vous insistiez : rien. Modèle classique, qui n'a pas été équipé d'un silencieux. Lorsqu'on tire, la détonation est nettement perceptible ; or, aucun témoin n'a entendu le moindre coup de feu!

— À cette distance, il fallait un bon tireur ; vérifiez si l'un des témoins n'était pas inscrit à un club de tir.

Marlow donna l'ordre d'effectuer la recherche.

— Les hommes ont pu s'exercer à l'armée, indiqua-t-il.

— Exact.

— Pourquoi avoir abandonné cette arme à un endroit aussi voyant?

— Mettre en évidence est souvent la meilleure manière de cacher, superintendant. Une autre disposition, très urgente, s'impose.

— Laquelle?

— Faites filer Lucida Knott avec discrétion ; j'ai rendez-vous avec elle demain matin, mais je veux savoir en permanence où elle va.

— Craignez-vous... qu'elle soit agressée?

— Il est trop tôt pour le dire ; mais son comportement m'intrigue.

— Parlons-en, du comportement des témoins! s'emporta Marlow. Ils sont tous suspects, voilà la vérité... Sir William Danseer? Un dandy décadent! Sa femme? Une intrigante désuète! Ariane Fenton?

Une dévergondée dangereuse! David Knott? Un type froid, déterminé, capable de tout! Son épouse? Une folle inquiétante! Et cet Orazio Paternoster... À force de tout voir, n'en a-t-il pas trop vu?

— J'ai l'impression que vous suspectez tout le monde, superintendant; vous n'avez oublié que le petit Toby.

— J'ai peut-être eu tort.

Higgins feuilleta son carnet.

— J'ai songé à une technique citée dans le *Manuel de criminologie* de M.B. Masters, tome II, page 646 : la raquette revolver.

Intrigué, Scott Marlow s'assit à son bureau et mâchonna un stylo.

— De quoi s'agit-il?

— Le manche de la raquette est truqué; lorsque le joueur la tient par le tamis, il peut actionner un déclencheur inséré dans le cadre.

— Intéressant...

— Oui et non; le mécanisme est fragile et la précision aléatoire.

— Si ce procédé a été utilisé, c'est obligatoirement par l'un des adversaires de lord Benjamin.

— Non, mon cher Marlow; Babkocks aurait retrouvé une balle dans le cadavre de la victime. Il faut abandonner cette piste. Avez-vous pensé à ramasser les balles de tennis?

— Pourquoi donc?

— Supposez que l'une d'elles ait été empoisonnée; l'assassin a pu la donner au dernier moment à lord Benjamin, au moment où il servait.

— En ce cas, les suspects se réduisent à deux : sa partenaire, Ariane Fenton, et Lucida Knott, dont nous savons qu'elle a ramassé des balles.

Scott Marlow posa brutalement son stylo.

— Mais enfin, Higgins ! Pourquoi nous égarer sur ces sentiers impossibles alors que Babkocks nous a permis de comprendre le mécanisme du crime ?

— Vous avez raison, superintendant ; je cherche « midi à quatorze·heures », comme disent les Français.

— Qu'est-ce qui vous gêne ?

— Un crime compliqué, une technique diabolique et pas le moindre mobile ; pourtant, nous avons beaucoup appris. Le nombre de pages remplies me le prouve ; mais nous n'avons rien vu, comme si l'assassin avait répandu un rideau de fumée autour de lui-même et d'autres témoins.

— C'est curieux, j'ai eu la même impression. Nous posons des questions, on nous répond de manière précise, et nous n'avançons pas !

— C'est sans doute une fausse impression. On tente de nous emmener sur un certain chemin. Personne ne veut admettre que cette partie hors du commun avait un enjeu.

— Leurs explications m'ont convaincu, je vous l'avoue. Le simple fait de jouer sur le central de Wimbledon est un événement exceptionnel ! Qui n'aurait répondu à l'invitation de lord Benjamin ?

— Peut-être... Mais pourquoi ceux-là ? Deux joueuses, un joueur, un arbitre, et deux juges de ligne, plutôt bizarre. Une mère et son fils, une mère

qui ne pratique pas le tennis... Pourquoi lord Benjamin n'a-t-il pas fait appel à des professionnels ou à
d'autres amis ?

Le superintendant fut troublé.

— Quelles conclusions en tirez-vous ?

— Tous les témoins qui se trouvaient sur le court
central de Wimbledon le jour fatal ont joué un rôle
précis ; j'en suis convaincu. Personne d'autre ne
pouvait être invité.

— Un complot ?

— Peut-être, mais dans quel sens ? Trop de questions trop mal posées, trop tôt ; le mieux est de passer une nuit tranquille. Demain, nous aurons une
journée très chargée ; je reviendrai ici à sept heures.

Higgins savait que le superintendant, véritable
bourreau de travail, dormait souvent dans son
bureau, le plus près possible de ses dossiers ; Marlow ne savait pas où Higgins résidait lorsqu'il
séjournait à Londres. Une parente, un ami ou...
Jamais il n'avait osé creuser la question.

CHAPITRE XIII

Le café du superintendant n'était pas fameux, mais il avait le mérite de n'être pas du thé.

— J'ai mal dormi, avoua Scott Marlow ; cette affaire m'inquiète.

— Elle n'est pas facile et les pièges sont nombreux, reconnut Higgins. En mettant de l'ordre dans mes notes, j'ai constaté que nous devons passer à l'offensive.

Ces propos ne rassurèrent pas le superintendant ; en certaines occasions, Higgins avait une fâcheuse tendance à franchir les bornes de la légalité.

— Que comptez-vous faire ?

— Tirer profit des circonstances et en organiser quelques-unes moi-même ; Lucida Knott s'est-elle déplacée, hier soir ?

Scott Marlow consulta un rapport tapé à la machine.

— J'ai utilisé les services d'un excellent technicien de la filature ; il a terminé son travail ce matin à six heures et je l'ai remplacé par un homme qu'il a formé lui-même.

— Merci pour ces précautions ; des résultats ?

— Curieux ; Lucida Knott est sortie de chez elle à 20 heures 32, a pris un taxi et s'est rendue à l'église de St. Bride, dans Fleet Street.

— Une architecture un peu froide de Christopher Wren, si je ne m'abuse.

— La paroisse des journalistes, déplora Marlow ; quand j'ai lu cette note, mon rythme cardiaque s'est accéléré. J'ai cru que Lucida Knott prenait contact avec un professionnel du scandale.

— Bien supposé... ce ne fut pas le cas ?

— Pas du tout. Elle s'est agenouillée et elle a prié pendant une demi-heure, installée dans une stalle qu'éclairait une petite lampe munie d'un abat-jour ; l'homme chargé de la filature a dessiné la scène.

Higgins apprécia l'excellent trait de plume.

— Ensuite, continua Marlow, elle a repris le taxi qui l'attendait et est rentrée chez elle. Surprenant, n'est-ce pas ? Qui aurait cru cette superbe femme confite en bondieuseries ?

— Nous ne sommes pas au bout de nos surprises, mon cher Marlow.

Waterloo Station est un lieu que tous les Londoniens et presque tous les Anglais ont fréquenté un jour ou l'autre ; d'une part, il rappelle une grande victoire sur un ennemi héréditaire ; d'autre part, son entrée colossale et grandiloquente évoque la grandeur du pays que souligne encore une pendule en forme de soleil dont les rayons éclairent le monde.

Waterloo Station était rassurante ; tant de voyageurs y passaient, une telle foule circulait qu'une conversation entre un ex-inspecteur-chef de Scotland Yard et une très belle mère de famille pouvait demeurer inaperçue.

— Vous êtes très ponctuelle, Mme Knott.

— C'est la moindre des politesses, inspecteur.

— Si la majorité des êtres la respectaient, combien de guerres seraient évitées ? Mais nous ne sommes pas ici pour philosopher.

Lucida Knott était habillée de manière banale et avait dissimulé ses cheveux blonds sous un foulard gris ; ainsi déguisée, elle était méconnaissable.

— Vous vouliez me parler, madame ?

— Vous m'avez troublée, inspecteur, en parlant de la vie privée de lord Benjamin.

— Précisément, je ne l'ai pas évoquée.

— Je suis certaine que vous en savez long... et je ne voudrais pas que...

— Que je fusse à l'écoute de calomnies et de ragots ?

Elle baissa les yeux.

— C'est bien mon souci, inspecteur.

— D'après Ariane Fenton, lord Benjamin était un homme couvert de femmes.

— C'est... c'est possible ; Ariane est une femme sincère, passionnée, un peu exaltée... Il ne faudrait pas que ses déclarations lui nuisent.

— Sa meilleure amie n'est-elle pas Claudia Danseer ?

— Ah ? Vous le savez déjà ?

— Sans peine, madame... c'est Ariane Fenton qui m'en a parlé.

— Ah...

— Elle a également avoué être la maîtresse de lord Benjamin.

Lucida Knott se mordit les lèvres, comme si elle en avait elle-même trop dit.

— Pensez-vous qu'Ariane Fenton m'a menti ?

— Non... je ne crois pas, ce n'est pas son genre. Elle est plutôt... directe.

— Ne possède-t-elle pas un don inné pour faire se rencontrer les gens ?

— C'est vrai, inspecteur... Ariane n'a pas sa pareille dans ce domaine.

— Elle prétend avoir passé de merveilleux moments avec lord Benjamin.

— Ce serait étonnant... Entre eux, ce fut plutôt un combat. Ariane avait décidé de le défier, et il adorait les défis ; affronter une aussi forte personnalité que la sienne a dû l'amuser. Elle a essayé de lui tenir tête, de paraître aussi déterminée que lui. Mais pourquoi... Pourquoi attirez-vous ainsi mes confidences ?

— Vous vouliez me parler, rappela Higgins avec douceur.

— Je n'aurais pas dû... Si, c'était nécessaire.

Lucida Knott était en proie à un violent débat intérieur dont Higgins ignorait les données ; il se garda d'intervenir, attendant qu'elle prît une décision.

Elle leva vers lui des yeux suppliants.

— Ne soyez pas trop sévère, inspecteur. Ce qui

s'est passé est affreux, si affreux... Ne pourrions-nous pas tout oublier, vous et moi, et tous les autres ? Lord Benjamin est mort, personne ne le fera revenir parmi nous. Le passé est parfois si affreux... Si les hommes cessaient de s'en préoccuper, le présent ne serait-il pas délicieux ? Renoncez à cette enquête, je vous en prie.

— Vous savez bien que c'est impossible.

— Si vous affirmiez que lord Benjamin est mort accidentellement, vous pourriez...

— Scotland Yard dispose d'un rapport officiel du médecin légiste, le crime est prouvé.

— Tout va donc s'écrouler.

— Que voulez-vous dire ?

Deux larmes roulèrent sur les joues de Lucida Knott.

Elle s'enfuit en courant.

CHAPITRE XIV

— « Tout va s'écrouler... » Ce sont bien les paroles que Lucida Knott a prononcées ?

— Eh oui, mon cher Marlow.

— Qu'est-ce que ça signifie, Higgins ?

— Je l'ignore.

— Cette Lucida est au centre du drame, estima le superintendant.

— Voici une certitude, admit l'ex-inspecteur-chef.

— Si nous l'arrêtions tout de suite ? Elle ne résisterait pas à un interrogatoire serré.

— J'aurais l'impression de la trahir, superintendant, et nous ne découvririons pas pour autant la vérité.

— Comme vous voudrez, Higgins.

— Merci de votre compréhension, mon cher Marlow. À votre avis, quelle est la pièce vestimentaire qu'un homme vraiment élégant ne peut omettre sous aucun prétexte ?

. Le superintendant énuméra veste, chemise, pantalon, chaussures.

— Rien d'autre ?

— Le chapeau !

— Le chapeau... un fil conducteur décisif, nous sommes d'accord. Je m'en occupe ; surtout, ne perdez pas de vue Lucida Knott.

— Soyez sans crainte. À propos du fusil, rien de nouveau : aucun des témoins n'est inscrit dans un club de tir.

Higgins poussa la porte de la chapellerie Bates, sise près de Piccadilly, au 21a Jermyn Street. Depuis fort longtemps, c'était Binks qui accueillait les acheteurs ; Binks était un chat errant qui, un après-midi de 1921, était entré chez Bates dont il était devenu la mascotte. À sa mort, en 1926, le chapelier l'avait empaillé. Depuis cette date, Binks trônait sur une étagère, à l'intérieur d'une armoire vitrée ; il portait un chapeau haut-de-forme et fumait un cigare. D'après la légende, il s'était présenté ainsi à l'artisan.

Un vrai dandy devait posséder plusieurs chapeaux de chez Bates ; pourquoi sir William aurait-il fait exception à la règle ?

Higgins s'adressa au plus âgé des vendeurs, un homme grand et digne qui lui avait recommandé plusieurs couvre-chefs dont il avait été satisfait.

— Puis-je vous aider, inspecteur ?

— Il me faudrait un melon classique.

— Pour l'après-midi ou la soirée ?

— L'après-midi, en ville.

Aucune hésitation n'était permise; l'objet parfait pour le moment convenu fut aussitôt sélectionné. Bien entendu, le chapelier ne s'était pas trompé sur le tour de tête de Higgins.

— Sir William Danseer se fournit toujours chez vous?

— Cette question est extrêmement gênante, inspecteur.

— Je ne cherche pas à vous ennuyer; vous m'obligeriez en me répondant.

Le chapelier avala sa salive.

— Sir William fait effectivement partie de notre clientèle.

— D'ordinaire, vous ne vous exprimez pas ainsi.

— Vous m'étonnez, inspecteur.

— Vous dites habituellement : « Untel nous fait l'honneur d'appartenir à notre clientèle »; pourquoi cet honneur est-il retiré à sir William?

Le chapelier rougit.

— Vous êtes redoutable, inspecteur.

— Si sir William a perdu son honneur dans cette auguste maison, c'est qu'il a commis une indélicatesse.

Le chapelier baissa la voix.

— Sir William ne paie plus ses factures depuis trois mois; la direction veut bien se montrer patiente, mais elle ne pourra attendre indéfiniment.

— Revers de fortune?

— Probablement; vous comprendrez que nous ne pouvons pas être des philanthropes. Souhaitons que les affaires de sir William s'arrangent.

***
****

Watson B. Petticott reçut Higgins dans son immense bureau de la Banque d'Angleterre dont il était l'une des têtes pensantes ; camarade de collège de l'ex-inspecteur-chef, il faisait partie de son clan d'amis indéfectibles. La vraie passion de Watson B. Petticott, c'étaient les enquêtes policières ; il admirait Higgins et l'enviait un peu. Aussi ne manquait-il pas une occasion d'aider son ami, à condition qu'il lui révélât le dessous des cartes.

Higgins apprécia une fois encore la qualité exceptionnelle des meubles en bois des îles ; il constata, non sans plaisir, que Watson B. Petticott, relation obligée du Premier Ministre et des personnalités les plus influentes du Royaume-Uni, ressemblait à Sherlock Holmes.

— Encore un meurtre affreux ?

— Un crime sur le central de Wimbledon.

— Par tous les saints ! La victime ?

— Lord Benjamin Wolf.

Watson B. Petticott émit un sifflement peu protocolaire.

— Technique du meurtre ?

— Alliance de poisons avec effet différé.

— Pffft ! Quelle sophistication... Un coupable facile à identifier ?

— Pas précisément.

— Comment puis-je t'aider ?

— La situation financière d'un des suspects me paraît des plus douteuses.

— Son nom ?

— Sir William Danseer.

— Un homme connu... Il me faudra agir discrète-
ment. Accorde-moi deux heures.

Scott Marlow avait devant les yeux un second
rapport.

— Une bigote... Vraiment surprenant !

— Lucida Knott serait-elle retournée à l'église ?

— Elle s'y est rendue après vous avoir quitté et y
a passé une bonne demi-heure.

— Aucun rendez-vous suspect ?

— Aucun. Avez-vous progressé ?

— Un début de piste.

— Il faut nous hâter, Higgins ; je ne pourrai plus
juguler la presse très longtemps.

Watson B. Petticott jubilait.

— Je sais tout, Higgins ; ton sir William n'est pas
le meilleur homme d'affaires du Royaume !

— Indélicatesse ?

— C'est plus grave ; sir William est considéré
comme l'un des meilleurs experts de chez Christie's,
mais il a proclamé, à qui voulait l'entendre, qu'il
comptait monter sa propre étude de commissaire-
priseur.

— Il lui faut donc des sommes considérables.

— Au début du printemps, il a vendu aux
enchères deux énormes châteaux, remplis de collections historiques ; ces belles demeures ont remplacé

la salle des ventes dont il rêve et il a touché une belle commission.

— Tout va bien, semble-t-il.

— Tout irait bien si sir William n'avait pas acheté un superbe immeuble au centre de Londres; il a payé le premier tiers, mais pas le second. Les vendeurs sont patients et lui ont accordé un délai. Dans un mois, il sera épuisé et le scandale éclatera. C'est bizarre, tout de même...

— Pourquoi?

— Parce que son épouse, Claudia, est très riche.

CHAPITRE XV

— Parmi les suspects figure aussi David Knott.

— Je l'ai déjà rencontré, indiqua Watson B. Petticott. C'est un rapace, il se nourrit des dépouilles des entreprises.

— Un homme riche ?

— Très aisé.

— Bonnes relations avec lord Benjamin, d'après toi ?

— Plutôt exécrables.

— Pourtant, lord Benjamin l'a aidé à développer son cabinet.

— Qui a proféré cette énormité ?

— Lui-même.

— Il t'a menti, Higgins ; je suis même persuadé qu'il y a eu entre eux un conflit juridique. Tu devrais creuser ça.

Lorsqu'il téléphona au Yard, Higgins fut prié de se rendre sur-le-champ à Wimbledon où le superintendant Marlow l'attendait.

Une pluie fine et régulière tombait sur le stade ; l'humidité serait profitable au gazon et le rendrait très souple. Si le tournoi avait bien lieu à la date prévue, les joueurs bénéficieraient d'une excellente surface.

Le superintendant semblait de bonne humeur.

— Les méthodes les plus classiques peuvent avoir du bon, Higgins ! J'ai songé à faire une perquisition approfondie des vestiaires, à la recherche des balles et des raquettes. Dans ce domaine, fiasco ; mais j'ai déniché autre chose ; venez voir.

Marlow exhiba un sac de tennis.

— D'après l'inscription gravée à l'intérieur, il appartient à Claudia Danseer.

— Je suppose qu'il n'était pas vide ?

— Certes pas, Higgins ! Tout au fond, il y avait ce petit morceau de carton ; il est un peu froissé, mais le texte demeure lisible.

Higgins contempla la trouvaille.

Il s'agissait d'une partie du cartonnage d'un médicament ; la fin du nom subsistait et pouvait correspondre au remède pour les reins qu'absorbait lord Benjamin ; de plus, le tampon indiquait l'adresse de la pharmacie et, malgré un encrage un peu léger, était déchiffrable.

— Je crois que l'affaire Wolf est résolue, déclara Marlow, triomphant.

— C'est troublant, admit Higgins.

— Troublant ? Mais que voulez-vous de plus ! Nous avons une preuve matérielle, la plus belle des preuves !

— Il existe quantité de médicaments dont le nom se termine ainsi.

— Dont celui que prenait la victime, Higgins ! La coïncidence serait un peu trop grosse.

— Babkocks a-t-il fourni une liste des réactifs qui, additionnés au produit pour les reins, pouvaient provoquer une crise cardiaque, au terme d'un intense effort physique ?

— Bien sûr ; je l'ai sur moi.

Higgins l'examina et regarda à nouveau le morceau de carton ; il déchiffra une lettre supplémentaire à l'endroit de la déchirure.

— Il pourrait également s'agir du réactif, superintendant.

— Je vous l'accorde, mais ça aggrave son cas : si Claudia Danseer a caché dans son sac de tennis le réactif, c'était pour le verser dans le thé que boiraient les joueurs au moment des changements de côté. Comme elle était la maîtresse du lord, elle savait qu'il se soignait pour les reins et connaissait le nom du remède et ses contre-indications.

— Le plus simple est de vérifier à la pharmacie.

La pharmacie se trouvait dans le quartier de Piccadilly, non loin de Piccadilly Circus dont le centre était occupé par une célèbre statue du dieu de l'amour, Éros ; les ailes dans le dos, appuyé sur la jambe gauche, la jambe droite levée, l'arc dans la main gauche, il semblait plongé en pleine extase. Malheureusement pour les amateurs de grivoiserie, ce monument, dédié au comte de Shaftesbury, ne célébrait pas les élans du désir mais l'amour du prochain dans le plus strict respect de la morale. Élevée en 1893, la statue d'Éros avait été la première fondue en aluminium.

Marlow ne passait jamais devant elle sans une profonde émotion ; ne symbolisait-elle pas le centre de l'Empire, au cœur de la capitale ? Hélas, Piccadilly avait oublié sa grandeur passée ; autour de la place s'entassaient restaurants, bars et théâtres, lieux de divertissement, voire de débauche, dont le superintendant déplorait l'existence.

La pharmacie était grande, propre et moderne ; le superintendant demanda à parler au directeur, un homme distingué, aux cheveux blancs, d'une soixantaine d'années. Il les reçut dans son bureau, décoré de vases anciens sur lesquels étaient peintes des plantes médicinales.

— Que puis-je pour vous, messieurs ?

Marlow lui tendit le morceau de carton inscrit.

— À partir de ceci, pourriez-vous nous donner le nom complet du médicament ?

Le pharmacien réfléchit.

— Je pense à quatre possibilités... pour davantage de certitude, je consulte ma pharmacopée.

La vérification fut de courte durée.

Le pharmacien donna quatre noms : le remède pour les reins que prenait lord Benjamin, un anticoagulant, un produit injectable anti-inflammatoire et le réactif figurant sur la liste de Babkocks.

— Existe-t-il des liens entre ces quatre produits ? demanda Higgins.

— Le premier et le dernier sont tout à fait incompatibles; si un patient les absorbait ensemble, il souffrirait de troubles cardiaques.

— Éventuellement fatals?

— En cas d'effort physique violent et prolongé, certainement.

— Si les deux produits étaient absorbés à quelques heures d'intervalle, le résultat serait-il le même?

— Je le crains; la crise mettrait un peu de temps à se déclencher.

Marlow posa une photographie de Claudia Danseer sur le bureau du pharmacien.

— Connaissez-vous cette femme?

— Non.

— Pourrions-nous savoir si elle a acheté chez vous le premier ou le quatrième des produits que vous avez cités?

— Procédons par étapes, superintendant. En premier lieu, je vais vérifier mon cahier d'enregistrement des ventes, puisque ces produits ne peuvent être délivrés que sur ordonnance; ensuite, nous montrerons cette photo au personnel. Le nom de cette personne, je vous prie? Soyez sans crainte, je suis tenu au secret professionnel.

— Claudia Danseer.

Avec une méticulosité qu'apprécia l'ex-inspecteur-chef, le pharmacien consulta son cahier d'enregistrement.

— Aucune Claudia Danseer n'a acheté ces produits; passons au magasin, voulez-vous?

L'une des employées reconnut l'épouse de sir William.

— J'ai servi cette dame deux ou trois fois, reconnut-elle.

— Que lui avez-vous vendu ? demanda le superintendant, tendu.

— Des bonbons au sirop d'érable : c'est une spécialité de la pharmacie.

— Des bonbons... rien d'autre, vous êtes sûre ?

— Certaine : malgré leur prix élevé, elle les apprécie beaucoup.

— Il me reste un dernier point à vérifier, estima le pharmacien qui disparut quelques instants dans l'arrière-boutique et revint avec un petit cahier rouge.

— Le registre des vols, expliqua-t-il ; malgré notre vigilance, nous sommes la cible de personnes indélicates. Ah... voici qui pourrait vous intéresser. Nous avons été victimes d'un larcin, il y a quinze jours, à l'heure du thé ; l'employée de garde était occupée à ranger des produits de beauté. Quelqu'un a pu se glisser dans la réserve, sur votre gauche, afin d'y dérober des produits.

— Lesquels ?

— Deux boîtes de réactif incompatible avec le produit pour les reins : c'était facile de s'en apercevoir, puisque nous n'avions que ces deux-là en stock.

— Le mystère est éclairci, jugea Marlow.

CHAPITRE XVI

— Éclairci est peut-être excessif, mon cher Marlow.

— Enfin, Higgins, aucun doute n'est permis.

Les deux hommes faisaient le point, adossés à la fontaine de Piccadilly Circus, sous la protection de la statue incarnant l'amour du prochain. Parler d'un assassin dans ces conditions prouvait bien la largeur d'esprit de Scotland Yard. Et comment ne pas songer à l'*Odelette à Éros* de J.-B. Harrenlittlewoodrof, la poétesse que plusieurs jurés du prix Nobel considéraient comme un écrivain majeur du siècle ?

Éros, tu t'envoles ailé, sous le feu du vent,
Tu parcours la lande, les vallons, les coteaux,
Et trouveras les nuages, effervescent,
Pour venir te poser, toujours trop tôt.

— Claudia Danseer connaissait l'existence du remède pour les reins, rappela Marlow ; elle a étudié ses effets et ses contre-indications. L'idée d'un assassinat par mélange de poisons est typiquement féminine. Ensuite, elle est venue dans cette pharmacie, s'est donné un alibi en achetant des bonbons et a volé un réactif. En devenant cliente, elle a observé les allées et venues des employées et a choisi le meilleur moment pour agir sans être prise. Il ne lui restait plus qu'à verser le réactif dans le thé préparé par le barman de Wimbledon.

— C'est une hypothèse intéressante.

— Une certitude, voulez-vous dire ?

— Le mobile ?

— Elle l'avouera ; nous connaissons le processus de l'assassinat et le nom de l'assassin ! Pourquoi perdre du temps ?

— Un détail me gêne ; vous décrivez une meurtrière plutôt astucieuse, qui a prémédité son acte et veillé à l'exécuter à la perfection. Comment expliquez-vous son invraisemblable distraction ? Oublier au fond de son sac de tennis la preuve de son forfait !

— Elle n'a rien oublié ; en sortant le réactif de la boîte, elle a déchiré l'emballage. À son insu, un morceau est tombé au fond du sac.

— Pourquoi l'a-t-elle abandonné dans le vestiaire de Wimbledon ?

— Les circonstances, Higgins ; la mort brutale de lord Benjamin a causé une sorte de panique. Effrayée par son meurtre, elle s'est empressée de quitter Wimbledon avec les autres.

Higgins demeurait réservé.

— Un crime astucieux, mais aussi un assassin qui sème un indice... Cas classique, mon cher Higgins !

— Ne faites rien avant mon entretien avec elle.

— Entendu.

— Auparavant, j'aimerais rencontrer le directeur de collège où elle a fait ses études.

— Rien de plus facile ; l'ordinateur central du Yard nous fournira ce renseignement.

*
**

Le directeur du *Cheltenham Ladies College* reçut Higgins avec ce rien de componction qu'apporte une longue expérience de l'éducation des jeunes filles riches.

— Scotland Yard dans mes murs... Dois-je m'inquiéter, inspecteur ?

— En aucune façon ; vous n'êtes pas en cause, monsieur le directeur.

— S'agirait-il de l'une de nos jeunes filles ? Cette catastrophe me paraît bien improbable ! Le *Cheltenham Ladies College* n'accueille en son sein que des personnes de grande qualité, à la morale irréprochable.

— Qui en douterait ?

— Vous me rassurez.

— Vous souvenez-vous de Claudia Danseer ?

— Bien entendu ! Elle a fait un remarquable mariage avec l'un des meilleurs experts de Sotheby's ; grâce à leur culture et à leur éducation, nos jeunes filles ont généralement un destin remarquable.

— Était-elle douée ?

— Une bonne élève, dans l'ensemble ; quelques

difficultés en histoire et en latin, mais très forte dans une discipline où elle aurait pu faire de remarquables études supérieures.

— Laquelle ?

— La chimie, inspecteur.

*\
**

Higgins effectua lui-même la filature ; il lui restait un peu de temps avant de se rendre au rendez-vous prévu avec Claudia Danseer. Comme Scott Marlow lui avait demandé les résultats de son entrevue avec le directeur du *Cheltenham Ladies College*, l'ex-inspecteur-chef avait été contraint de lui avouer que les charges pesant contre l'épouse de sir William s'alourdissaient.

Compréhensif, le superintendant accordait néanmoins un délai à Higgins afin qu'il levât les derniers doutes. En son for intérieur, l'ex-inspecteur-chef n'avait aucune certitude : il se sentait incapable d'affirmer ou de nier la culpabilité de Claudia Danseer, comme si un élément essentiel lui manquait pour former son jugement.

Higgins suivit la belle Lucida Knott, de nouveau déguisée pour masquer sa beauté.

Elle se rendit à l'église de St. Bride et alla s'asseoir dans l'une des stalles du chœur où elle se mit en prière ; l'intérieur de l'église était d'une parfaite propreté. On avait tant lustré, briqué, nettoyé et lavé que les anges devaient hésiter à s'aventurer dans un endroit aussi aseptisé. La présence de petites lampes individuelles garnies d'abat-jour faisaient davantage songer à un salon mondain qu'à une demeure divine.

Lucida Knott s'agenouilla et pria.

Une dizaine de minutes après son arrivée, une autre femme entra dans l'église ; un instant, Higgins crut qu'elle allait s'approcher de Lucida Knott et lui parler : mais la dévote se contenta de déposer son obole dans un tronc et sortit.

Pourquoi la splendide Lucida, mère de famille comblée, avait-elle prononcé d'aussi étranges paroles ? Pourquoi venait-elle se recueillir, seule, dans une église éloignée de son domicile, comme si elle voulait cacher à son mari et à son fils ces périodes de recueillement ? Tant que Higgins n'aurait pas obtenu de réponses claires à ces questions, il ne comprendrait pas *vraiment* le mécanisme du meurtre de lord Benjamin.

La technique, comme d'habitude, jouait le rôle d'un miroir déformant ; avoir découvert si vite le *comment* l'entraînait à oublier le *pourquoi* ; un *pourquoi* qui demeurait tapi dans l'ombre, comme si le mobile du crime était plus important et plus mystérieux que le crime lui-même.

De plus en plus, Higgins sentait qu'il s'attaquait à forte partie ; des morceaux de vérité lui sautaient aux yeux pour mieux cacher le centre de l'affaire.

L'heure du rendez-vous approchait ; sans nul doute, il serait décisif.

CHAPITRE XVII

The Monument était une colonne dorique haute de soixante-dix-sept mètres, érigée pour commémorer le terrifiant incendie de 1666 qui avait ravagé Londres et détruit la quasi-totalité de ses maisons en bois ; les touristes aimaient monter les trois cent onze marches, à l'intérieur de la colonne, et déboucher à son sommet pour découvrir un superbe panorama. The Monument, comme tant d'autres fleurons de la cité moderne, était dû à l'illustre Wren.

Au pied du Monument, Fish Street incarnait la cité populaire, grouillante de vie, bruyante et perpétuellement agitée ; des hommes musclés, la cigarette aux lèvres, un chapeau de cuir vissé sur la tête, tiraient des diables et des charrettes chargés de nourritures, notamment de poissons, provenant de Billingsgate, la halle aux poissons ouverte au bord de la Tamise. Une forte odeur de marée imprégnait le quartier que l'élégante Claudia Danseer, le visage masqué d'une voilette, ne devait pas souvent fréquenter ; contournant un groupe compact de travailleurs de force qui s'apostrophaient avec l'inimitable accent *cockney*, elle s'avança vers Higgins à onze heures pile.

— Désirez-vous aller ailleurs ?

— Non, inspecteur; derrière cette charrette, nous serons tranquilles.

— Cet endroit ne convient guère à une dame de votre rang.

— C'est pourquoi je l'ai choisi; personne ne m'y connaît.

— Que craignez-vous donc ?

— La curiosité publique et les journalistes.

— Une faute inavouable ?

Elle sourit sous sa voilette; en dépit d'une longue robe brune et d'un châle feuille morte, Claudia Danseer ne pouvait dissimuler sa classe naturelle. Au premier coup d'œil, on s'apercevait qu'elle n'était ni une poissonnière de Billingsgate, ni une marchande de Fish Street.

— Mon cas est très particulier, inspecteur; j'ai senti en vous un homme capable de me comprendre. J'espère ne pas m'être trompée.

— L'avenir vous le dira.

— Admettez-vous les méandres du cœur humain ?

— Les refuser ne les supprimerait pas.

Claudia Danseer serra ses mains gantées.

— Je suis victime d'un mauvais sort, inspecteur; j'aime deux hommes à la fois. Deux hommes aussi exceptionnels, mais si différents l'un de l'autre que je ne parviens pas à me sentir infidèle. Attitude facile, jugerez-vous... Pourtant, je vous jure que c'est la vérité ! Quand je suis avec l'un, j'oublie que je suis avec l'autre. Me condamnez-vous déjà ?

— Ce n'est pas mon rôle.

Les mains croisées sur la poitrine, Claudia Danseer exhala un soupir.

— Alors, je ne me suis pas trompée ! Acceptez-vous de m'écouter ?

— Oui, si vous ne mentez pas.

— Je n'en ai pas envie. Vous me rassurez, inspecteur ; je sais que vous ne vous arrêterez pas aux apparences.

— Je m'y efforcerai.

— Je... j'étais la maîtresse de lord Benjamin.

— Pardonnez ma brutalité : Depuis combien de temps ?

— De nombreuses années.

— Donc, avant que fût engagé Orazio Paternoster ?

— Oui, bien avant.

— Étiez-vous... sa seule maîtresse ?

— Sa seule et vraie maîtresse, je peux l'affirmer. Lord Benjamin était très séduisant ; sans doute s'est-il offert quelques passades ici et là, mais elles furent sans conséquence sur notre liaison. Sa mort... son assassinat est pour moi un choc terrible. Je veux que vous découvriez l'assassin et qu'il soit châtié.

— Vous pouvez compter sur moi. Où vous rencontriez-vous ?

— Chez lui ; il m'arrivait d'y passer la nuit.

— Votre mari était au courant, bien entendu ?

— Eh bien... aussi extraordinaire que cela

paraisse, je ne le crois pas. William est un homme charmant, fantasque et très indépendant ; nous nous sommes mariés sur le conseil de son meilleur ami, Benjamin Wolf lui-même, et nous nous sommes félicités de l'avoir écouté. William et moi nous entendons à merveille parce que nous nous respectons pleinement ; aucun de nous n'empiète sur l'indépendance de l'autre. À cause de son métier, William est souvent absent de la maison : je ne lui demande pas d'explications, il n'en exige aucune.

— À supposer que votre mari mène une double vie ou ait une maîtresse...

— Cela me surprendrait beaucoup, mais je l'ignorerais. La jalousie est un sentiment bas et méprisable ; William ne l'éprouve pas davantage que moi. Sa vraie passion, c'est son métier ; il se perfectionne chaque jour.

Elle baissa légèrement la tête.

— Voici toute ma confession ; je tenais à vous parler moi-même avant que des mauvaises langues ne me calomnient.

— À qui songez-vous ?

— Le monde est peuplé de créatures ignobles.

— Quand lord Benjamin se levait, que faisait-il ?

Claudia Danseer se crispa.

— C'est une question... terriblement indiscrète.

— Veuillez m'en excuser ; votre réponse est capitale.

— Eh bien... ce que font tous les êtres civilisés.

— N'avait-il pas une manie qui le caractérisait ?

— Rien de bizarre, en tout cas... il prenait une

sorte de médicament qu'il rangeait dans sa table de nuit.

— De quel mal souffrait-il?

— Il ne m'en a jamais parlé; à mon avis, il s'agissait d'un simple dopant. Benjamin était un bourreau de travail.

— Vous étiez une brillante chimiste, madame.

Claudia Danseer parut surprise.

— C'est exact. Comment l'avez-vous appris?

— Enquêter est mon métier; envisagiez-vous des études supérieures?

— La chimie me passionnait en effet; mais le mariage m'a comblée.

— Lisez-vous des études spécialisées?

— Je suis abonnée à une revue scientifique.

— La substance qu'absorbait lord Benjamin ne pouvait donc avoir de secrets pour vous.

— Il ne m'a pas permis d'examiner la composition de ce médicament, si c'en était un, et je n'ai pas eu l'impudence de le lui demander.

— Lorsque vous avez quitté Wimbledon, le jour du meurtre, avez-vous emporté votre sac de tennis?

Claudia Danseer se troubla.

— Je l'ai oublié. Ce fut une telle panique! L'auriez-vous retrouvé?

— Il contenait un indice accablant.

— Accablant? Je ne comprends pas.

— Êtes-vous cliente d'une pharmacie proche de Piccadilly Circus?

— Oui... j'y achète une spécialité, des bonbons au sirop d'érable. Quel est cet indice, inspecteur?

— Un morceau de carton qui appartenait à l'emballage d'un produit chimique ; ce dernier a joué un rôle certain dans la mort de lord Benjamin.

— Vous... vous oseriez m'accuser...

— Vous me devez une explication, madame.

— Elle est évidente, inspecteur ! Quelqu'un veut me nuire et me faire accuser de meurtre... Quelqu'un qui s'est aperçu que j'avais oublié mon sac et qui a déposé cette abominable preuve !

CHAPITRE XVIII

Pour apaiser l'ire montante de Scott Marlow, Higgins l'emmena prendre une collation dans un petit pub du vieux Soho où, à côté de sandwichs à la fleur de capucine et de gâteaux au gingembre, on servait neuf sortes de fromages anglais : le cheshire, le cheddar, le stilton, le gloucester, le lancashire, le derby, le caerphilly, le leicester et le wensleydale qui présentaient l'inconvénient d'avoir tous le même goût. On les dégustait avec une tranche de pomme et une pinte de *stout*; ce n'était pas le menu le plus diététique, mais les deux hommes avaient besoin de reprendre des forces.

— Mais enfin, Higgins ! Cette femme ment, c'est l'évidence.

— Il y a trop d'évidences dans cette affaire.

— Le mobile est banal : son mari a appris la liaison de son épouse avec l'homme qu'il croyait être son ami. Comme Claudia Danseer n'a jamais pu choisir entre lord Benjamin et sir William, elle a supprimé le premier.

— L'hypothèse n'est pas à rejeter.

— Pourquoi ne pas l'arrêter immédiatement ?

— Parce qu'elle niera tout. Sa force de caractère n'est pas négligeable, croyez-moi.

— Et notre preuve ?

— Supposez qu'elle ait raison et que le véritable assassin veuille la faire inculper ?

— Vous croyez donc à son innocence.

— Non, mon cher Marlow, ni à sa culpabilité ; je crois que nous devons vérifier beaucoup de détails avant de pouvoir nous prononcer. Si vous arrêtez Claudia Danseer avec un dossier aussi léger, l'administration et la presse se tourneront contre vous.

Le superintendant dut reconnaître que la mise en garde de son collègue était fondée.

— Le temps presse, Higgins ; le tournoi approche.

— C'est pourquoi j'avance aussi vite que possible.

**
*

Le juge des faillites avait gardé sa perruque blanche et sa robe noire ; son teint rose le faisait ressembler à un gros bébé. Apparence trompeuse, car il passait pour un magistrat impitoyable, particulièrement à cheval sur l'application de la loi et peu enclin au pardon.

— J'ai accepté de vous recevoir avant une audience, inspecteur, parce que mon ami Petticott

me l'a instamment demandé; que tout soit bien
clair entre nous : j'agis en parfaite indépendance.
Jamais Scotland Yard ou quelque autre organisme
officiel n'a influencé mon jugement.

— Soyez-en félicité, monsieur le juge; de nos
jours, c'est de l'héroïsme.

— Il paraît que vous non plus, vous n'êtes pas
très influençable.

— C'est possible; mais on ne se méfie jamais
assez de soi-même.

— Bien jugé, inspecteur; vous voudriez donc
en savoir plus sur David Knott.

— S'il plaît à votre conscience.

— Il n'y a rien à cacher dans son dossier; du
moins de mon point de vue. Car lui-même ne doit
pas être très fier de ses actes.

— Est-ce en rapport avec lord Benjamin Wolf?

— Faites-vous allusion au conflit professionnel
qui les a opposés? D'une certaine manière, en
effet : lord Benjamin a refusé de cautionner Knott
pour le développement de son cabinet. Knott était
pourtant un ami; mais lord Benjamin avait probablement eu vent de l'affaire Penrose et, en tant
qu'avocat, il n'avait pas dû apprécier le comportement de David Knott.

— Pouvez-vous m'en dire davantage?

— Penrose était un industriel : le fer et ses déri-
vés. Une énorme affaire qui a connu de brusques
difficultés. Penrose a pris conseil auprès de Knott,
qui débutait dans la finance et s'est recommandé
de lord Benjamin. Penrose a fait faillite, mais

Knott n'a pas été jugé responsable. Je n'en sais pas davantage.

***

Avant de se rendre à Wimbledon, Higgins passa chez Penhaligon's, parfumeur depuis 1870. La vieille boutique peinte en rose fané n'avait pas changé d'allure depuis cette époque. En vitrine, des blasons proclamaient, non sans fierté, que Penhaligon's était fournisseur de la Cour. Higgins grimpa les trois petites marches qui permettaient d'accéder à la parfumerie et demanda à son vendeur habituel un mélange de rose et de jasmin qui conviendrait à un joueur de tennis pour demeurer présentable, même au terme d'une partie acharnée. Non seulement il ne pleuvait pas, mais encore la température était montée à 17°. La canicule menaçait.

Scott Marlow, comme d'habitude, avait bien travaillé. À l'entrée de Wimbledon toujours fermé, deux gradés, assistés d'un représentant du *All England Lawn-Tennis and Croquet Club*, attendaient l'ex-inspecteur-chef; ils lui annoncèrent que le court central serait disponible dix-huit minutes; au-delà, le gazon risquait de souffrir.

Higgins s'habilla d'une stricte tenue blanche qu'il avait prévue pour le match contre Mac Cullough; la tache verte sur le pantalon était à peine visible.

À quatorze heures précises, il pénétra sur le

court central en compagnie d'Ariane Fenton qui avait eu la délicatesse de ne pas être en retard. Sa jupette blanche était un modèle de distinction.

— Quelle émotion, mademoiselle... Notre duel sera bref, mais je vous demanderai de ne pas me ménager, même si je ne cours plus beaucoup. Ne pas lâcher ses coups sur le central de Wimbledon serait une infamie. Voulez-vous prendre le service ? Ah, un détail : si vous en êtes d'accord, nous ne perdrons pas de temps à changer de côté.

D'autorité, Higgins se plaça du côté où lord Benjamin avait servi pour la dernière fois.

Ariane Fenton servit avec une force certaine, mais sans précision ; trop crispée, elle commença par une double faute : 0-15. Puis Higgins boisa son retour de service : 15-15. Mieux concentré, il réussit son second retour dans les pieds d'Ariane Fenton : 15-30. Il en fut de même du troisième : 15-40. L'antiquaire, en ratant une facile volée de coup droit, permit à Higgins de mener par un jeu à zéro et de faire le break d'entrée.

L'ex-inspecteur-chef ne força pas sur son service ; il se contenta de placer sa balle soit dans un angle, soit au milieu du carré de service ; Ariane Fenton frappa le plus fort possible et manifesta une belle agressivité, mais continua à manquer de précision. Deux retours *out*, une balle haute qui permit à Higgins de volleyer sans peine, et le score fut de 40-0. L'ex-inspecteur-chef avait joué à son maximum de vitesse ; bientôt, l'arthrose de ses genoux le contraindrait à ralentir le rythme. Sur sa pre-

mière balle, Ariane Fenton réussit un surprenant
revers décroisé sur lequel Higgins fut sans réaction. Méfiant, il resta au fond du court et remporta
le second jeu.

Menant deux à zéro, il se contenta de renvoyer
le service d'Ariane Fenton qui le déborda aisément
et revint de deux à un. Le quatrième jeu, sur le service de Higgins, fut acharné ; il monta à la volée,
exactement à l'endroit où lord Benjamin avait fait
ses derniers pas. Troublée, l'antiquaire rata sa pré-
paration. Comme galvanisée par son échec, elle
bondit vers le filet dès que possible. Higgins utilisa
l'amorti, mais cette arme redoutable demeura sans
effet ; Ariane Fenton avait des jambes superbes et
rapides.

À l'issue d'une sévère bataille, le score fut de
deux jeux partout. Ariane Fenton s'apprêtait à servir lorsqu'un rouge-gorge vint picorer dans le carré
de service de Higgins ; ce dernier lâcha sa raquette
pour prévenir son adversaire, mais la balle était
déjà partie. Elle heurta le sol, effleura l'aile gauche
de l'oiseau qui poussa un petit cri de douleur.

L'ex-inspecteur-chef prit le rouge-gorge dans
ses mains disposées en coupe. Ariane Fenton
accourut.

— Est-il blessé ?

— Choqué. Il est tout de même prudent de le
conduire à l'infirmerie.

— Je vous accompagne. Je suis désolée... Décidément, ce terrain porte malheur.

— Simple concours de circonstances ; je n'ai

pas été brillant, mademoiselle. J'espère que vous ne vous êtes pas trop ennuyée?

— Vous plaisantez, inspecteur! Vous avez dû être classé.

— Presque... vous jouez un cran au-dessus, c'est certain; tous les invités de lord Benjamin étaient classés dans la catégorie supérieure, je suppose?

— Bien entendu. Sinon, la partie aurait été déséquilibrée.

— Je ne sais comment vous remercier, mademoiselle; ce fut une trop brève rencontre, mais si passionnante!

Le rouge-gorge s'ébroua, regarda Higgins et s'envola d'une aile décidée.

— Merveilleux, commenta l'ex-inspecteur-chef; il n'a rien de cassé.

En sortant du gazon de Wimbledon, Higgins alla vérifier les licences des joueurs du double mixte. Sir Benjamin Wolf, Claudia Danseer, David Knott et Ariane Fenton étaient classés en première série.

CHAPITRE XIX

Dick Maloney était un petit brigand sans envergure qui se contentait de rapines, de vols à la sau-
vette et de médiocres cambriolages. Arrêté à deux
reprises, il n'avait ni le courage, ni l'envie de changer d'activités. À cinquante-cinq ans, il pouvait se
vanter d'avoir mis sur pied l'un des plus efficaces
réseaux d'aigrefins de la capitale.

Dick Maloney s'engagea dans Middle Temple
Lane, une ruelle étroite et sordide en face des Law
Courts. Par là s'écoulaient autrefois les ordures en
direction de la Tamise ; les immeubles gris et sales
pouvaient faire croire que le soleil n'avait jamais
existé.

La fortune n'allait pas tarder à sourire ; Dick
Maloney n'aurait plus longtemps à supporter la
misère et la peur. Bientôt, il serait riche, très riche,
sans avoir couru le moindre risque. Ce n'était pas
lui, certes, qui avait eu l'idée, mais il s'asseyait
volontiers sur sa vanité. Dix pour cent d'une somme
colossale valaient mieux que cent pour cent de rien
du tout.

Depuis qu'il avait conclu l'affaire avec l'un des meilleurs bookmakers de Londres, Dick Maloney ne dormait plus ; il avait hâte d'arriver au moment décisif où son commanditaire lui remettrait la précieuse liasse de billets.

Des billets à vendre au noir pour assister aux meilleures parties du prochain tournoi de Wimbledon ! Certes, il existait déjà un réseau de revendeurs, les *touts*, qui officiaient sur les parkings privés de Wimbledon ou à la station de métro Southfields ; mais ils ne faisaient que de petits bénéfices en comparaison de ce qu'allaient gagner Dick Maloney et son équipe.

Un torrent de pluie dévalait Middle Temple Lane, la rue la plus humide de Londres ; Dick Maloney la jugea pourtant paradisiaque quand il vit s'approcher l'homme qu'il attendait, sanglé dans un imperméable vert.

— Votre équipe est prête, Maloney ?

— Fin prête.

— Voici les billets du premier choix, y compris pour la finale.

— Fabuleux !

— Vous pourrez les revendre dix fois leur prix ; pas d'entourloupe dans la redistribution, sinon...

— Soyez sans crainte... j'ai toujours été correct en affaires.

— Continuez et notre collaboration sera fructueuse.

Dick Maloney était riche ; le grand vainqueur de Wimbledon, c'était lui.

Le bookmaker s'éloigna; Maloney prit la direction opposée. Soudain deux hommes lui barrèrent le chemin; aussitôt le voleur sut qu'il s'agissait de la police.

— Scotland Yard, annonça le plus costaud des deux.

Maloney tourna casaque et tenta de s'enfuir.

— Inutile, la rue est barrée; vous êtes fait, Maloney!

Le voleur courut à toutes jambes et se heurta à plusieurs policiers en uniforme qui le ceinturèrent.

*
* *

— Cette fois, mon cher Marlow, nous progressons.

— De quelle manière?

— J'ai fait match nul deux jeux partout et sauvé un rouge-gorge sur le central de Wimbledon; que rêver de plus glorieux?

Marlow détestait le côté mystique de Higgins et sa manière désinvolte d'oublier, parfois, la réalité la plus élémentaire.

— C'est une plaisanterie, Higgins!

— Certes pas; Ariane Fenton m'a beaucoup appris.

Au moment où Scott Marlow allait manifester son incompréhension, le téléphone sonna.

— Ici Marlow... Comment, Wimbledon? Oui, je m'en occupe... Des billets au marché noir? Ça ne m'intéresse pas.

Higgins fit un signe de la main.

— Si, ça m'intéresse... où est-il ? Oui, je verrai.

Le superintendant raccrocha. L'œil de Higgins brillait.

— Tout ce qui concerne Wimbledon nous concerne, mon cher Marlow ; de quoi s'agit-il ?

— Vente frauduleuse de billets pour le tournoi ; elle a atteint un tel degré que le Yard a décidé de mener une enquête serrée. Filatures, infiltrations, écoutes... le grand jeu. Nous sommes tombés non seulement sur le réseau de revendeurs, mais sur celui qui l'organise.

— Pouvons-nous l'interroger ?

— Sans difficulté.

Dick Maloney était effondré, la tête dans les mains ; il passait aux aveux complets pour la dixième fois et ne cessait de se contredire.

— Qu'on nous laisse seuls, sollicita Higgins.

L'ex-inspecteur-chef attendit que Maloney se calmât un peu.

— Vous a-t-on brutalisé, M. Maloney ?

— Un peu... normalement. Je tentais de filer, logique... Les flics savaient, hein ?

— Vous étiez observé depuis longtemps.

— C'est bien ma veine... un si gros coup ! C'était trop beau. Vous êtes qui, vous ?

— Higgins. J'aimerais la vérité, M. Maloney ; vous n'êtes sûrement pas le seul responsable.

— Si, bien sûr que si...

— Vous allez faire beaucoup d'années de prison pour d'autres ; on vous a manipulé, M. Maloney, et vous serez le seul à payer. Ne serait-ce pas injuste ?

Une tempête agita le crâne de Dick Maloney.

— Je n'ai rien fait de mal, moi ! Je n'ai même pas vendu un seul billet !

— Qui vous les a donnés ?

— Personne... Et puis, assez ! Je ne veux pas être le seul à porter le chapeau. C'est un bookmaker qui m'a mis sur l'affaire.

Le bookmaker fut interpellé une heure plus tard et amené devant Higgins et Marlow. L'homme était de taille moyenne, avait le teint gris, un costume prince-de-galles et des manières apprêtées.

— Je ne connais pas ce Maloney.

— Lui vous connaît bien, objecta Marlow.

— Sa parole contre la mienne.

— Vous vous trompez ; tous les hommes de son réseau témoigneront contre vous.

— Mais... ils ne m'ont jamais vu !

— Nous n'en sommes plus là ; Maloney ne veut pas aller en prison pour vous.

— Holà, holà ! Qu'est-ce que ça signifie ?

— Ou bien vous parlez, ou vous serez accusé d'avoir organisé le marché noir des billets du tournoi.

Le bookmaker se leva, scandalisé.

— Ça ne va pas, ça ne va pas du tout ! Je ne suis qu'un relayeur, moi !

Higgins s'approcha du bookmaker et se plaça derrière lui.

— Ce n'est guère crédible.

— Pourquoi dites-vous ça ?

— Parce que votre réputation n'est plus à faire.

— Faut pas exagérer, inspecteur ! Wimbledon, c'est trop gros pour moi.

— Qui était votre commanditaire ?

Le bookmaker ferma les yeux.

— Ça, je ne peux pas vous le dire, vraiment pas...

— Faites un effort, recommanda Higgins ; la justice en tiendra compte.

— À ce point ?

Marlow hocha affirmativement la tête, le bookmaker hésita encore.

— C'est quelqu'un d'important, avec un titre... Je ne sais si...

— Vous savez fort bien, dit Higgins, calme et ferme.

— Bon, puisqu'il faut se jeter à l'eau... L'organisateur du trafic est un aristocrate.

— Son nom.

— Sir William Danseer.

CHAPITRE XX

Sir William Danseer chaussa ses lunettes demi-lunes ; assis à son bureau, chez Sotheby's, il faisait preuve, comme à son habitude, d'une élégance de dandy.

— Si vous n'étiez pas Scotland Yard, je ne vous aurais pas reçus, messieurs ; un monceau de dossiers exige toute mon attention et je dois partir demain pour l'Écosse où je vends un château médiéval aux enchères.

— Vous devriez différer ce voyage, suggéra Higgins.

Effaré, sir William ôta ses lunettes.

— Je vous demande pardon, inspecteur ?

— Vous m'avez parfaitement compris.

Sir William se leva, raide comme une statue.

— Est-ce un ordre ?

— Je crains que oui, répondit Marlow.

— Pourquoi cette privation de liberté ?

— Parce que vous êtes impliqué dans une affaire criminelle.

Soucieux, William Danseer se rassit.

— Soyez plus clair, superintendant.

Scott Marlow, incisif, tendit le cou.

— Les billets de Wimbledon.

— Les billets de Wimbledon, répéta sir William d'une voix tremblante. Alors, vous savez...

— Le bookmaker a tout avoué.

Le dandy se tassa sur son siège et ouvrit son col de chemise, comme s'il étouffait.

— Triste affaire, messieurs ; je me suis laissé entraîner sur un mauvais chemin.

— Ne seriez-vous pas la tête pensante ?

— Si, en compagnie d'un membre du conseil d'administration du *All England* ; vous aurez très vite sa démission, bien entendu. Quant à moi, je me remets entre vos mains.

— Pourquoi cette malversation, sir William ?

— Une folie, inspecteur.

— De quel ordre ?

— Banal besoin d'argent.

— Mauvais investissements ?

— En quelque sorte ; dois-je vous suivre immédiatement ?

— Bien sûr que non, répondit Higgins, aimable ; par bonheur pour vous, aucun de ces billets n'a été mis en vente. Le délit est donc mineur.

— Vous m'en voyez ravi ; croyez-vous qu'un bon avocat...

— Vous risquez une forte amende, rien de plus.

Sir William s'épongea le front avec sa pochette de soie mauve.

— Le vent d'un cyclone vient de m'effleurer... Je ne recommencerai pas ce genre d'imbécillités.

— Ce serait préférable.

*
**

— Il méritait la prison, bougonna Marlow.

— Je vous l'accorde.

— Pourquoi tant de mansuétude?

— Parce que nous ne savons pas encore si ce trafic de billets est lié à l'assassinat de lord Benjamin. Un seul dénominateur commun, mais de taille : Wimbledon.

— Ce dandy est un petit voleur.

— Un grand voleur, rectifia Higgins; il aurait gagné beaucoup d'argent. Voudriez-vous vérifier le montant de la fortune de son épouse?

— C'est fait : il est énorme. Les parents de Claudia Danseer étaient très riches et ils ont tout légué à leur fille unique.

Higgins consulta son carnet noir et ajouta cette précision à la page « Claudia Danseer ».

— Sir William et son épouse, des complices?

— N'allons pas trop vite, mon cher Marlow; il ne faudrait surtout pas emmêler les fils que nous commençons à percevoir. À présent, il faut retrouver au plus vite un individu, en espérant qu'il n'est pas décédé.

— Qui donc?

— Un nommé Penrose.

La fouille administrative était l'une des spécialités de Marlow; il remonta avec célérité la filière de

« Penrose industries » et, avec l'aide de divers organismes officiels, parvint à apprendre que le failli avait été employé pendant deux ans chez un confrère à Liverpool. Contacté au téléphone, ce dernier indiqua que Penrose, malade, était parti vivre en province, chez sa sœur. Par bonheur, la vieille demoiselle était toujours vivante et possédait une excellente mémoire. Penrose, rétabli, avait fait mille et un petits métiers avant de prendre un stand au marché de Portobello Road. Âgé de soixante-dix ans, il portait un grand chapeau noir pour masquer les traces d'une maladie de peau survenue à la suite de ses malheurs.

Pendant que Marlow se battait avec ses dossiers et rédigeait un rapport pour prouver à ses supérieurs que l'enquête sur l'assassinat de lord Benjamin avançait à grands pas, Higgins se rendit à Portobello. Sur environ un kilomètre, le plus fameux marché londonien offrait nourritures, vêtements, habits exotiques en provenance de l'Inde ou de la Chine, argenterie, porcelaines, antiquités et mille autres produits dont de superbes kilts écossais.

Sur l'étal d'un homme âgé, la tête couverte d'un chapeau noir en dépit d'un chaud rayon de soleil qui perçait les nuages entre les averses, des clés façonnées à l'ancienne, des rabots, des maillets.

— Belle collection d'objets anciens, remarqua Higgins.

— Je les achète à la campagne, expliqua le vendeur ; les gens ne savent plus s'en servir et les jettent.

— Vous êtes bien M. Penrose, l'industriel?

L'homme empoigna un maillet, comme s'il s'apprêtait à frapper.

— Qui êtes-vous?

— Higgins, Scotland Yard.

— Qu'est-ce que vous voulez?

— Savoir ce qui s'est passé et pourquoi vous avez fait faillite.

— J'ai été condamné et j'ai tout perdu; ça ne vous suffit pas?

— Je ne suis pas un juge, M. Penrose, et ce n'est pas vous que je soupçonne.

— Qui, alors?

— David Knott.

Penrose lâcha le maillet qui tomba sur le sol avec un bruit mat.

— Ce n'est pas possible... Enfin, par saint Pancrace, enfin! Auriez-vous compris que ce Knott est une crapule, la pire des crapules?

— Vous l'aviez pourtant engagé.

Penrose grimaça.

— Je n'ai commis qu'une seule erreur dans ma chienne d'existence, inspecteur, mais elle m'a détruit... Oui, j'ai engagé un brillant financier, David Knott, sur le conseil d'un avocat de grand renom, lord Benjamin. Mon affaire était en difficulté, à cause d'une succession; lord Benjamin a trouvé le procès si aisé à gagner qu'il n'a pas voulu s'en occuper. Knott était chargé de remettre de l'ordre dans ma comptabilité et de mesurer mes forces et mes faiblesses. Les premiers mois, tout a bien fonctionné, j'ai gagné mon procès et je lui ai fait confiance... Quel imbécile j'étais ! Brillant financier, David Knott... escroc génial, surtout ! Il m'a dépossédé peu à peu de mon entreprise en la vidant de sa substance par les moyens les plus légaux. Personne n'a pu prouver qu'il a détourné des sommes considérables pour financer son cabinet, mais il me l'a avoué, les yeux dans les yeux, en me qualifiant de « plus beau crétin qu'il ait jamais rencontré ». La faillite a été prononcée à mes dépens ; Knott a démontré que je n'avais pas suivi ses conseils et que mon incompétence était à l'origine de ma chute. Comme la justice est belle, inspecteur ! L'innocent sur le pavé, le coupable au pinacle.

Higgins était profondément ému ; il avait conversé avec suffisamment d'innocents et de coupables pour savoir que Penrose ne mentait pas.

— S'il n'y avait eu que la perte d'argent, reprit-il, des sanglots dans la voix ; il a fallu licencier des dizaines d'employés, apparaître aux yeux de tous comme un bandit et un incapable. Ma femme n'a pas supporté cette déchéance. Elle s'est suicidée.

Penrose frappa du poing sur son étal.

— C'est Knott qui l'a tuée, inspecteur !

— À qui avez-vous raconté la vraie version des faits ?

— Au juge qui n'en a pas cru un mot et à celui qui m'avait conseillé Knott : lord Benjamin.

— Quelle fut sa réaction ?

— Il était gêné ; mais mon affaire ne relevait pas de sa compétence. Lui, il est riche et heureux ; voici longtemps qu'il m'a oublié, comme tout le monde.

— Ma présence prouve le contraire, M. Penrose.
Le vieil homme sembla revivre.

— Vous voulez dire... que David Knott va être
condamné ?

— Pour votre affaire, je crains que non ; mais il
est sans doute mêlé à un crime, d'une manière ou
d'une autre. Une autre justice est sur ses traces.

— Vous me rajeunissez, inspecteur ; j'espère que
ma femme, là où elle est, ne perdra pas une miette
du spectacle !

— Avez-vous connu l'épouse de Knott, Lucida ?
Penrose souleva le rebord antérieur de son chapeau.

— La jeune femme blonde très jolie ?

— Elle-même.

— Ce n'était pas son épouse ; il la sortait volontiers et on le sentait fier de vivre avec une pareille
beauté.

— Pourquoi cette certitude ?

— Parce que je la saluais en la qualifiant de
« mademoiselle » et qu'elle ne m'a jamais rectifié.
Ne ratez pas Knott, inspecteur : ce type est un
monstre.

CHAPITRE XXI

Le genou gauche était légèrement douloureux ; Higgins payait des efforts sportifs qui n'étaient plus tout à fait de son âge. Autrefois, il aurait pu courir plus de cinq heures sur un haut rythme et renvoyer sans cesse la balle sans perdre sa lucidité et le sens tactique. Mais la jeunesse était passée et il fallait bien accepter les inconvénients de l'âge mûr. Sans se révolter contre l'inexorable temps qui passe, il absorba quelques gouttes de teinture mère d'*Arnica Ruta Rhustoxicodendron* qui soulageait la douleur.

Sa montre de gousset marquait cinq heures trente du matin ; au sortir de la douche, il s'aspergea d'eau de toilette Tradition Chèvrefeuille de chez Creed, déjà utilisée à la cour d'Élisabeth Ire au XVIe siècle, se vêtit d'un blazer bleu portant un discret écusson à ses armes et d'une flanelle anthracite de chez Trouser's. Il ne lui restait plus beaucoup de temps pour intercepter un personnage dont le témoignage était indispensable à ce stade de l'affaire.

*

L'Écossais Malcolm Mac Cullough était considéré, à juste titre, comme l'un des meilleurs commissaires-priseurs du Royaume-Uni ; il connaissait mieux que quiconque les œuvres de l'Antiquité dite « païenne » et accumulait une fabuleuse quantité d'ouvrages d'érudition dans sa grande demeure de la banlieue nord de Londres. Environné de statues, de vases, de stèles et de fragments d'œuvres anciennes provenant des quatre coins du monde, Malcolm Mac Cullough lisait la nuit et dormait le jour.

Quand on sonna à sa porte, à six heures trente, il sut d'instinct que son temps de repos risquait d'être abrégé.

— Ce vieux forban d'Higgins ! Te voilà reparti sur le sentier de la guerre, je parie !

— C'est beaucoup dire, Malcolm.

— Ta, ta, ta ! Un bon gros crime là-dessous, c'est certain ! Tu ne quittes pas ton domaine pour des broutilles. Laisse-moi deviner... Homme ?

— Homme.

— Un duc ?

— Non.

— Lord ?

— Oui.

— Connu ?

— Plutôt.

— Amateur d'art ?

— Exact.

— Politicien ?

— Pas directement.

— Genre juge?

— Avocat.

Mac Cullough cita quatre noms : le quatrième fut le bon.

— Benjamin Wolf... Une jolie fortune et un amateur éclairé; une bonne piste?

— Une multiplicité de bonne pistes.

— Ça ne te réjouit pas, on dirait.

— Trop de biens nuit; tu connais l'histoire du vieux philosophe que l'on sort de son ermitage et que l'on amène au marché. Il contemple l'abondance de marchandises et déclare : « Que de choses dont je n'ai pas besoin ! » Je suis un peu dans cette situation, mais je ne parviens pas à distinguer l'indispensable de l'inutile.

— Avec tes méthodes d'alchimiste, tu y parviendras! Moi, j'ai une nouvelle passion : les hiéroglyphes. À force de ne pas pouvoir déchiffrer les stèles égyptiennes, j'ai piqué un coup de sang. Depuis une semaine, je m'y suis mis.

Malcolm Mac Cullough avait effectivement employé les grands moyens; sur sa table de travail étaient ouverts les cinq volumes du grand dictionnaire de Berlin, la grammaire de Gardiner, l'édition des *Textes des Pyramides* de Sethe et quelques autres ouvrages de poids.

— Sais-tu comment on écrit la lumière divine, Higgins? Avec une bouche et un bras; autrement dit, le verbe et l'action! Ce n'est pas magnifique?

— Superbe. Rien n'a changé; j'avoue avoir besoin des deux pour éclairer mon enquête.

— Passons à la cuisine ; je te prépare un café. Tu as de la chance : il me reste un peu du gâteau au chocolat et à la crème de marron que j'ai préparé hier.

C'était le défaut majeur de Mac Cullough : la prétention d'être un bon pâtissier. Une nouvelle fois, le foie d'Higgins s'apprêtait à subir une rude épreuve. Par bonheur, le café était excellent.

Higgins s'installa sur un siège bas du XVIe siècle italien, Mac Cullough sur une pile de traités consacrés aux terres cuites alexandrines. La cuisine, elle aussi, était envahie par les livres.

— As-tu entendu parler d'un de tes collègues qui officie chez Sotheby's, sir William Danseer ?

— Le dandy ? Bien entendu.

— Ton jugement.

— Compétent, travailleur, futé et pourri d'ambition. Sotheby's est trop petit pour lui ; je crois qu'il désire monter sa propre officine d'achat et de vente d'œuvres d'art. Comme il ne se contentera pas d'une petite affaire, il lui faudra beaucoup d'argent.

— Moralité ?

— Douteuse. J'ai horreur des ragots, mais on murmure dans la profession que sir William n'est pas hostile aux enveloppes discrètes et aux pots-de-vin.

— Connais-tu une antiquaire nommée Ariane Fenton ?

Malcolm Mac Cullough avala de travers une bouchée de gâteau ; Higgins lui donna à boire et lui tapa doucement sur le dos.

— Tu fréquentes cette femme?

— Elle est mêlée au drame.

— Ne t'en approche pas; elle est dangereuse.

— De quelle manière?

— Croqueuse d'hommes, menteuse, truqueuse.

— Pour être franc, j'ai remarqué la présence de quelques faux dans son magasin.

— Sais-tu qu'elle a tenté de vendre, à prix d'or, un faux vase grec au British Museum? Cette peste devrait être en prison depuis longtemps.

— Qui l'en a sauvée?

— Lord Benjamin Wolf. Il a pris le dossier en main, fait casser la sentence pour vice de forme, démontré que la malheureuse avait été abusée et interdit toute publication la concernant sous peine d'attaque immédiate en diffamation. Notre belle société a oublié, et mademoiselle Fenton est devenue une antiquaire mondaine qui attire ses futures proies lors de réceptions et de dîners. Avec le temps, elle a bien appris son métier de maquilleuse d'objets; il faut avoir ton œil pour déceler la fraude.

— Un vernis défaillant ici, un galbe raté là, quelques petites choses qui accrochent le regard et mettent mal à l'aise... J'aurais pu me tromper.

— Ariane Fenton est un as et la plupart des acheteurs n'y connaissent rien; bien entendu, tu me donneras le nom de l'assassin, si le résultat de l'enquête n'est pas publié. En attendant, reprends un peu de gâteau.

**
*

Le conservateur du British Museum chargé des achats d'antiquités grecques avait la tête de Buster Keaton mais ne pratiquait l'humour ni en public ni en privé. Auteur d'une recherche sur la différence entre les cannelures des colonnes proto-doriques et doriques primitives commencée depuis une quarantaine d'années, il fut très étonné, voire choqué, d'être importuné par la police, fût-elle de Sa Majesté.

— En quoi mes collections peuvent-elles intéresser le Yard, inspecteur ?

— Je mène une enquête sur une tragédie, monsieur le conservateur. Une tragédie que seule votre rigueur scientifique a pu éviter.

— Ah ? Vous m'en voyez ravi. Ma réputation n'est plus à faire, en effet.

— Il s'agissait d'un vase grec.

— Ce n'est pas ma spécialité absolue, mais aucun vase petit ou grand ne m'a échappé.

— L'antiquaire Ariane Fenton s'en est aperçue.

— Fenton... Fenton... ce n'est pas l'une de mes élèves ?

— Elle n'en est pas digne : cette jeune femme a tenté de vous vendre un faux vase grec.

— C'est courant, inspecteur ! Elle a échoué, naturellement, comme les autres.

— Je suppose qu'elle a produit un certificat d'authenticité.

— Ils en produisent tous ! Ça ne m'impressionne pas ; je ne les regarde même plus.

— Auriez-vous l'amabilité de me communiquer

le nom de la personne qui a signé celui authentifiant le vase que tentait de vous vendre Miss Fenton ?

— Un instant.

Le conservateur consulta un fichier.

— A, B, C, D, E, F, FA, FE, FEN, Fenton... Voilà. Fenton, Ariane. Vase rouge avec icône mythologique quasiment effacée. Lieu de provenance : Délos. La supercherie était habile, mais elle ne pouvait abuser un expert comme moi. Le faussaire s'est trompé dans la proportion entre le col et le milieu du renflement ; quant à la scène mythologique, représentant Hercule, elle est impossible dans ce style-là, à cette époque-là et dans ce lieu-là.

Le conservateur était content de lui. Higgins omit de lui dire qu'un des plus beaux fleurons de sa collection de vases grecs du British Museum était un superbe faux, selon Malcolm Mac Cullough.

— Êtes-vous satisfait, inspecteur ?

— Presque, monsieur le conservateur ; il me manque juste un nom.

— Ah oui, le signataire du certificat d'authenticité !

Il consulta à nouveau sa fiche.

— Sir William Danseer.

CHAPITRE XXII

Scott Marlow paraissait perplexe.

— J'ai eu un appel du chef de service de nettoyage de Wimbledon, révéla-t-il ; je l'ai autorisé à s'occuper des principaux locaux. Connaissez-vous le salon d'attente ?

— Cette petite pièce triste et froide avec quatre chaises et un canapé vert affreusement dur ?

— C'est cela. Sous le canapé, il a découvert un pantalon de tennis froissé.

— Un nouveau scandale en prévision, superintendant ; de quand date-t-il ?

— Il est tout récent ; une étiquette avec un nom a été cousue à l'intérieur du pantalon : David Knott.

— Bizarre, admit Higgins ; cet endroit n'est pas un vestiaire.

— Dans la poche gauche du pantalon se trouvait ceci.

Marlow posa devant Higgins un sachet de plastique contenant une boîte de médicaments : le réactif versé dans le thé qu'avaient bu les participants à la partie tragique.

— C'est à n'y rien comprendre, Higgins; la culpabilité de Claudia Danseer ne faisait aucun doute et, à présent, celle de David Knott est évidente. On jurerait qu'un démon tire des ficelles et jongle avec des marionnettes pour nous rendre fou.

— Plausible.

— Le décès de lord Benjamin sera rendu public demain. Funérailles strictement privées... selon les volontés du défunt.

— Belle preuve de modestie posthume.

— Bien entendu, certains journalistes veulent en savoir plus et l'on murmure déjà des choses terribles... Aucun service de police ne parviendra donc à éviter les fuites!

— Ce serait modifier la nature humaine, mon cher Marlow.

— Que comptez-vous faire? Donner un grand coup de pied dans la fourmilière?

— Plutôt agir en douceur; la situation est si complexe que toute précipitation pourrait nous retarder. Je vais m'adonner à une nouvelle filature, comme à mes débuts; les bonnes vieilles méthodes sont toujours efficaces.

*
**

Lucida Knott avait changé d'église.

Cette fois, un taxi l'avait emmenée à Saint Clement Danes, petite église vieillotte et charmante située près de la cathédrale Saint Paul. Elle portait le nom curieux de *Oranges and Lemons Church*,

« Église des oranges et des citrons », car son carillon égrenait une chanson consacrée à ces agrumes peu courants dans les vergers anglais.

Lucida pria une demi-heure.

Lorsqu'elle sortit de l'église, Higgins l'aborda.

— Inspecteur ! Vous êtes là... par hasard ?

— Croyez-vous vraiment au hasard, Mme Knott ?

— Alors, vous me suiviez...

— Je vous protégeais.

Elle sursauta.

— Me croyez-vous en danger ?

— J'ai connu beaucoup d'affaires où l'assassin fut contraint de tuer deux fois.

— Je... je ne me sens pas menacée.

— Êtes-vous réellement capable de percevoir le danger d'une situation dans laquelle vous êtes trop impliquée ?

— Je... je ne sais pas.

— Êtes-vous une grande croyante ?

— J'ai besoin de prier.

— Sans que votre mari sache où vous êtes ?

Lucida Knott se cacha les yeux avec les mains.

— C'est mon secret, inspecteur.

— Supposez que je le connaisse, madame.

Les mains s'écartèrent lentement ; dans le magnifique regard, l'effroi.

— C'est impossible !

— Je n'ai pas grand mérite ; une des victimes de David Knott m'a éclairé.

— Victime... Que voulez-vous dire ?

— Le monde des affaires, et plus encore celui des faillites, est souvent très cruel.

— David est un homme droit et correct; il respecte la loi.

— Vous parle-t-il souvent de son métier?

Elle parut soudain se détendre, comme si l'entretien venait sur un terrain moins brûlant.

— Non... David est discret, presque sauvage; de plus, il est soumis au secret professionnel et ne transige pas avec la déontologie.

— Vous a-t-il parlé de la manière dont il a développé son cabinet d'expertise?

— Par un travail acharné.

— Êtes-vous heureuse, madame?

Les yeux de la belle Lucida chavirèrent dans le vague.

— Qu'est-ce que le bonheur, inspecteur? Un mari amoureux, un enfant intelligent et rempli de vie, une maison charmante... Oui, je suis heureuse. Je dois être heureuse.

— Quelle phrase terrible, madame.

— La vie n'est-elle pas terrible? Sa cruauté n'épargne personne, pas même les gens heureux. Le bonheur est moins solide qu'un souffle de vent; on ne sait d'où il vient et on ne peut le retenir. Tout cela est si banal... Comment mon bonheur vous permettra-t-il d'identifier un criminel?

— Depuis le début de cette affaire, je suis persuadé que l'amour a joué un grand rôle dans ce crime; et depuis que je vous ai vue, je suis persuadé que vous êtes un personnage central de ce drame.

Lucida Knott cacha mieux son visage avec le foulard.

CHAPITRE XXIII

— Monsieur désire ? demanda Orazio Paternoster.

— Visiter à nouveau la maison, répondit Higgins.

— Comme Monsieur voudra.

— Aucun incident à signaler ?

— Presque rien.

— Qu'y a-t-il dans ce « presque » ?

— Une visite de Claudia Danseer.

— Vous lui avez interdit d'entrer, je suppose ?

Orazio Paternoster parut contrarié.

— C'était difficile, inspecteur ; Mme Danseer avait ses habitudes, ici. Lord Benjamin lui a fait souvent l'honneur de l'accueillir. À ma place, qui l'aurait repoussée ?

— Je comprends vos difficultés ; qu'a fait Claudia Danseer ?

— Elle est allée directement à la chambre de lord Benjamin.

— Combien de temps est-elle restée dans la maison ?

— Une dizaine de minutes.

— Vous ne l'avez pas suivie.

— Inspecteur ! Vous n'y pensez pas... mais je suis monté examiner les lieux après son départ.

— Qu'a-t-elle emporté ?

— Une toute petite chose : une photographie.

— Le thème ?

— Elle-même.

— Portrait ?

— Portrait en pied.

— Sous quelle apparence ?

— Assez étrange, je vous le concède : en costume de gitane.

— D'où provenait cette photographie ?

— Je n'en suis pas certain, mais je crois que Mme Danseer l'avait apportée elle-même à lord Benjamin.

— Vous n'en savez pas davantage, n'est-ce pas ?

— Votre perspicacité est redoutable, inspecteur ; désirez-vous toujours visiter la demeure ?

— Qui en douterait ?

En pénétrant à nouveau dans le domaine du lord assassiné, l'ex-inspecteur-chef songea à la *Méditation sur un palais fané* de Harriett J.B. Harrenlittle-woodrof :

> *Ors, dorures, tentures et velours*
> *Dorment en paix dans les silences passés*
> *Ombres argentées de lunes ancestrales*
> *Que seules les plinthes gardent en mémoire*

Higgins traversa de nouveau l'entrée ressemblant

à un temple grec, examina chaque colonne, nota leurs positions respectives, tapa du poing afin de s'assurer qu'elles n'étaient pas creuses. Les bustes de sénateurs et d'empereurs romains subirent le même traitement. L'ex-inspecteur-chef prit le temps de regarder les statuettes en bronze et les fragments de statuaire grecque. Il témoigna de la même attention à la galerie des glaces, à la salle à manger baroque, à la chambre tendue de velours vert, à l'atrium, à la bibliothèque et au reste du manoir.

— Monsieur a-t-il trouvé ce qu'il cherchait? demanda Orazio Paternoster.

— Pourrais-je voir les pièces que vous occupez?

— Je n'ai rien à cacher.

Le domaine du chauffeur-palefrenier était d'une austérité monacale; murs blancs, lit gris, table et chaises en bois brut, armoire dépouillée.

— Vous n'aimez guère la décoration, M. Paternoster.

— Futilité inutile; je possède un seul objet de valeur.

Il ouvrit la porte gauche de l'armoire et en sortit un album de photographies qu'il ouvrit avec un respect quasi religieux.

— Les chevaux que j'ai éduqués et soignés, inspecteur; ils sont tous là, dans leur meilleure forme. Des amis et des confidents... Aucun homme n'est digne d'un cheval.

— Avez-vous subi tant de déceptions?

— Pas davantage qu'un autre, mais je suis plus lucide. D'ordinaire, les gens gardent l'espoir en croyant que demain sera meilleur. Moi, je sais qu'il sera pire et je n'attends rien de l'avenir.

— Pessimisme foncier.

— Non, réalisme.

— Vous étiez le seul spectateur du match, M. Paternoster.

— Je n'en ai pas vu d'autre, inspecteur.

— Personne n'a tenté de se dissimuler pour assister à l'événement ?

— Je l'aurais remarqué.

— Êtes-vous tout à fait certain qu'aucun coup de feu n'a été tiré lorsque lord Benjamin est monté pour la dernière fois au filet ?

— Certain, inspecteur ; je me vante de posséder une excellente ouïe.

— C'est étrange... j'ai l'impression que vous ne m'avez pas tout dit.

— Vous non plus, inspecteur ; j'aimerais beaucoup savoir ce que vous cherchez.

— Je peux vous l'avouer : je l'ignore.

— Vous moqueriez-vous de moi ?

— Certes pas. Voyez-vous, M. Paternoster, il y a toujours un moment, lors d'une enquête, où l'analyse rationnelle ne suffit plus. Vous accumulez les indices, les confrontez, les disséquez et ne parvenez à aucune conclusion sérieuse. Beaucoup renoncent ou arrêtent le coupable qui leur convient ; à mon sens, lorsqu'on pense être perdu ou pris dans les filets tendus par l'assassin, il faut se détacher de l'apparence et regarder vers l'autre monde.

— Vous m'impressionnez, inspecteur ; croiriez-vous au spiritisme ?

— Je ne crois pas, j'expérimente ; si un esprit errant m'apporte la preuve me permettant d'identifier un assassin, je ne la refuse pas.

— Lord Benjamin ne vous aurait guère apprécié.

— Pourquoi ?

— Parce qu'il détestait quiconque osait lui tenir tête ; et vous lui auriez tenu tête.

— Était-ce le cas de Claudia Danseer ?

— Pas exactement ; elle s'inclinait toujours, non sans avoir lutté. Mais elle n'était pas de taille, lord Benjamin était un véritable ouragan ; détruire murailles et montagnes ne l'effrayait pas. Je ne l'ai jamais vu douter de lui-même ; lorsqu'on se nourrit de sa propre vanité, on devient invincible.

— Jusqu'au jour où l'on dispute un match de trop. Êtes-vous persuadé que c'est bien lord Benjamin qui a organisé cette compétition ?

— À voir son air réjoui sur le chemin de Wimbledon, je n'ai aucun doute. Jamais lord Benjamin n'agissait contre son gré ; qu'il fût l'esclave d'une volonté extérieure est hors de question.

Higgins prit des notes sur son carnet noir.

— J'attendais un signe, M. Paternoster, un élément insolite qui m'aurait mis sur la voie.

— Avez-vous réussi, inspecteur ?

— Oui et non.

— Vous me permettrez de ne pas comprendre.

— C'est pourtant simple ; j'ai découvert cet élément mais je ne parviens pas à l'interpréter.

— De quel élément s'agit-il ?

— De vous-même, M. Paternoster.

CHAPITRE XXIV

Scott Marlow s'accrocha aux accoudoirs ronds de son fauteuil métallique.

— Claudia Danseer, une dévergondée ! Vous n'y pensez pas, Higgins ! C'est une femme d'excellente famille, et...

— Le témoignage d'Orazio Paternoster est formel.

— N'accordez-vous pas une confiance excessive à ce personnage ?

— Confiance progressive serait plus exact.

— Comptez-vous vraiment vérifier ses affirmations ?

— Cela me paraît indispensable ; le point délicat, c'est le temps. À quel moment Claudia Danseer effectue-t-elle son escapade ? Une fois par semaine, par mois, par an ?

— Nous ne pouvons plus attendre ! Demain, j'aurai sur le dos la totalité des membres du *All England Lawn-Tennis and Croquet Club*, la presse, le ministre des Sports et le public de Wimbledon !

— C'est la raison pour laquelle je vous propose

une méthode susceptible de donner des résultats rapides.

— Légale ?

— Rien de bien méchant...

— Inacceptable.

— J'aurai besoin de vous et de votre Bentley, mon cher Marlow ; nous agirons hors du cadre administratif, bien entendu.

— Mais, enfin, Higgins...

Le papier était sale, froissé, et le message était bref : *Viens vite*.

Claudia Danseer ne tergiversa pas longtemps ; elle aurait un jour d'avance sur son rendez-vous habituel, mais son meilleur ami ne lançait pas un appel au secours à la légère. Elle prit une petite valise noire, toujours soigneusement cachée sous une commode, et quitta son domicile à bord d'une Daimler.

La Bentley de Marlow la prit aussitôt en filature ; par bonheur, Claudia Danseer roulait lentement et la vieille voiture du superintendant n'eut pas à puiser dans ses réserves. La Daimler sortit de Londres par l'est et s'engagea dans un faubourg sombre et déshérité ; à neuf heures du soir, les passants se faisaient rares. Les trottoirs, mouillés par une averse qui venait de tomber, étaient percés de trous ; sur les façades en mauvais état des petites maisons en briques rouges, des inscriptions proclamaient *mort aux riches, du pain et du sang* ou *demain la libertée*, avec une faute notoire.

La Daimler s'engagea dans une impasse bordée d'usines désaffectées dont toutes les vitres avaient été brisées. La sinistre ruelle s'achevait par un mur gris. Claudia Danseer s'arrêta, sortit de sa voiture, la valise noire à la main, et disparut dans les ténèbres.

— Où est-elle passée? demanda Marlow.

— Je crois que notre stratagème a réussi, estima Higgins; elle a répondu à l'appel au secours.

— Comptez-vous la suivre?

— C'est indispensable, superintendant.

— Mais elle a traversé un mur!

— Voyons cela de plus près.

— L'endroit ne me paraît pas très sûr.

— Difficile de vous contredire sur ce point: avez-vous votre arme réglementaire?

Marlow tâta les pans de sa veste et ses poches.

— Je l'ai oubliée au bureau.

— C'est peut-être préférable; les armes à feu sont extrêmement dangereuses.

— Et... si nous sommes attaqués par une bande de voyous?

— Nous nous adapterons à la situation.

Scott Marlow ne manquait pas de courage. Bien qu'il estimât l'attitude de Higgins plutôt inconsciente et téméraire, il ne recula pas. Comme la serrure de la portière du passager ne fonctionnait pas, il ne verrouilla pas celle du conducteur. De toute manière, il était peu probable que la vieille voiture acceptât sur son siège un postérieur inconnu.

Pendant son enfance en Orient, Higgins avait appris à dominer la peur, sinon à la supprimer, en agissant sur son souffle et en contraignant le mental à cesser de produire d'horribles visions. Marlow, qui n'avait suivi que l'entraînement classique du Yard, se voyait déjà aux prises avec une bande d'agresseurs armés de couteaux et de barres de fer. Parmi les endroits sinistres qu'il avait fréquentés au cours de sa carrière, celui-là occupait le peloton de tête.

Higgins fit les premiers pas.

— Méfiez-vous, superintendant; les pavés sont disjoints et glissants.

La progression vers le mur gris fut des plus pénibles. Marlow ne cessa de se retourner, de regarder à gauche et à droite. Sous le vent, la façade lézardée de l'usine émettait des craquements inquiétants.

Higgins dépassa la Daimler et buta contre le mur; Marlow le rejoignit.

— Incroyable... Cette femme n'est tout de même pas un passe-muraille !

— Accordez-moi quelques secondes.

Né sous le signe du chat selon l'astrologie orientale, l'ex-inspecteur-chef, qui ne pouvait accorder le moindre crédit à la superstition, admettait néanmoins posséder nombre des qualités du félin dont l'une se révélait fort utile en cet instant : voir dans l'obscurité.

Il longea le mur et, à l'autre extrémité, aperçut un trou carré.

— Elle est passée par ici, superintendant.

Higgins n'eut aucune peine à se glisser dans le trou et à franchir l'obstacle; en raison de sa corpulence, Scott Marlow craignit de rester coincé mais, avec l'aide de son collègue, il passa à son tour.

De l'autre côté du mur, s'étendait une zone désolée. Tas d'ordures, décombres, carcasses de voitures rouillées, flaques d'eau saumâtre et puante composaient un paysage de cauchemar.

— Incroyable, répéta Marlow; une femme comme Claudia Danseer... Elle doit être victime d'un horrible chantage pour oser s'aventurer dans un pareil enfer.

— Il y a une sorte de chemin, sur notre gauche; je crains qu'il ne soit fort boueux, mais nous n'avons guère le choix.

Marlow se résigna; inutile de demander à Higgins de rebrousser chemin.

Les deux hommes passèrent entre deux monceaux de ferraille à l'équilibre douteux; des ronces et du liseron avaient envahi un cimetière de motos dont il ne subsistait que des squelettes tordus.

— Ayons des yeux dans le dos, recommanda Higgins à voix basse.

— Que redoutez-vous?

— Depuis quelques instants, nous sommes suivis.

— Ils sont nombreux?

— Un seul individu qui se déplace sans bruit: c'est plutôt bon signe.

— Vous trouvez?

— Des détrousseurs nous auraient attaqués d'emblée; celui-là veut savoir où nous allons.

Au loin, l'ex-inspecteur-chef aperçut une fumée.

— Encore un petit effort, superintendant.

Le chemin contournait une colline artificielle, fait de détritus, et descendait vers un terrain vague. Du haut d'un monticule, les deux policiers découvrirent cinq roulettes disposées en cercle ; au centre, un feu de camp.

— Un campement de gitans, dit Marlow, étonné. D'ordinaire, on leur attribue des emplacements éloignés des habitations, mais là, c'est l'enfer !

— Descendons les saluer, proposa Higgins.

— Et notre suiveur ?

— C'est l'un d'eux ; à présent, il connaît notre destination...

Les nomades avaient nettoyé le terrain autour de leur villégiature pour s'offrir un îlot plus décent ; les roulottes étaient décrépites à force d'avoir parcouru toutes les routes d'Europe. Combien de milliers de gitans avaient péri, victimes de la barbarie nazie, décidée à exterminer leur « race », comme celle des juifs ? Venus du fond de l'Asie, ils n'avaient jamais trouvé la route du retour.

Autour du feu, on dansait. Deux hommes et une femme répétaient les gestes transmis de génération en génération, tantôt gracieux, tantôt brutaux.

Dès que Higgins et Marlow s'approchèrent, les lames des couteaux brillèrent, éclairées par la flamme, et la danse s'interrompit. La femme les regarda, stupéfaite.

Higgins sourit, détendu.

— Heureux de vous retrouver, Mme Danseer.

CHAPITRE XXV

Oubliée, la femme du monde, la grande dame aux allures aristocratiques, au port de tête dédaigneux : s'affirmait une gitane rousse, échevelée, en sueur, qui se jetait dans la danse avec l'ardeur d'une jeune fille en quête d'absolu.

— Vous avez osé m'espionner...

— La méthode est un peu triviale, reconnut Higgins, mais elle nous permet de mieux vous connaître.

Un vieil homme très maigre, la tête couverte d'un chapeau de paille, sortit d'une roulotte; les mains dans les poches de son gilet rouge, il se plaça entre Claudia Danseer et les deux policiers.

— Je suis le chef, indiqua-t-il. Ici, on n'aime pas beaucoup les étrangers.

— Nous sommes Scotland Yard, répliqua Scott Marlow, et vous êtes en Angleterre. Qui que vous soyez, vous devez vous conformer aux lois de ce pays.

L'affrontement visuel dura de longues secondes; dans ces moments-là, Scott Marlow incarnait d'instinct la grandeur perdue de l'Empire. De sa personne, entièrement vouée à l'application du droit, se dégageait une force impressionnante.

— De quoi nous accusez-vous encore ? demanda le chef.

— Nous sommes de simples visiteurs, déclara Higgins, conciliant.

— En ce cas, vous accepterez de vous asseoir autour du feu et de boire avec nous.

Pour un pantalon en flanelle de chez Trouser's, ce n'était pas le destin idéal ; mais l'intérêt de l'enquête exigeait des sacrifices.

Higgins fut placé entre Claudia Danseer et le chef, Marlow entre deux forts gaillards qui posèrent leur couteau sur les genoux. L'atmosphère demeura tendue jusqu'au moment où Marlow absorba une rasade d'un liquide rosé.

— Puissant, estima-t-il.

— Alcool de famille, indiqua le chef ; il fait vivre centenaire.

Higgins fut plus prudent et se contenta de tremper les lèvres. Une jeune gitane commença à danser, pendant que son fiancé entonnait une lente et triste mélopée ; comme Marlow appréciait visiblement l'alcool de famille, l'un de ses gardes du corps éclata de rire. La glace était brisée.

— Je suis certaine que c'est ce maudit Paternoster qui m'a trahie, déclara Claudia Danseer, amère.

— N'êtes-vous pas allée chez lord Benjamin ?

— Il vous l'a dit, n'est-ce pas ?

— Quel était le but de votre visite ?

— Vous devez le savoir... récupérer une photographie où j'apparaissais vêtue comme ce soir.

— L'aviez-vous offerte à lord Benjamin?

— Oui.

— Quelle avait été sa réaction?

— Amusée : je lui avais expliqué que je m'étais déguisée ainsi, lors d'un bal costumé.

— Pourquoi avoir agi ainsi?

— Pour qu'il connaisse ma vraie nature, sans découvrir la vérité. Je hais la bourgeoisie, inspecteur; ma vraie vie, c'est ici, parmi ces gens simples et sincères. Pas de manières, pas de mensonges, pas d'hypocrisie, et cette musique envoûtante où l'on s'oublie soi-même... Un jour, je resterai ici. Mais il faut d'abord être acceptée, pleinement acceptée... et ce n'est pas facile. Même si je n'y parviens pas, j'aurais essayé. Savez-vous ce qui me révoltait, quand j'étais plus jeune? Les avocats véreux. Je voulais tous les tuer. Et j'ai été la maîtresse du plus redoutable d'entre eux.

— Lord Benjamin a-t-il commis des malversations?

— Quel avocat n'en commet pas, surtout dans sa spécialité?

— Avoueriez-vous l'avoir assassiné, madame?

— Non, inspecteur; la furie vengeresse de mon adolescence s'est bien calmée. Benjamin m'a séduite et m'a démontré que le monde était mauvais. Rêver de perfection est inutile... sauf ici, aux côtés de ces gens qui se contentent d'être eux-mêmes. Au fond, Benjamin Wolf m'a appris à voir clair en moi-même; née riche et bourgeoise par erreur, je n'aime qu'errer et danser, hors de toute convention.

— Lui avez-vous confié ces états d'âme?

— On ne se confiait pas à lord Benjamin; il n'écoutait que lui-même et ne se préoccupait que de ses futurs succès. Il me considérait comme un bel ornement digne de partager quelques-unes de ses nuits.

Un cuisinier à la main experte fit griller des brochettes; Scott Marlow les mangea d'un bon appétit. Higgins apprécia la qualité de la viande qui contrastait avec la pauvreté des gitans.

— Un cadeau, expliqua Claudia Danseer, perceptive.

— Venez-vous souvent ici?

— Une fois par semaine.

— Votre mari l'ignore.

— Bien entendu; c'est sans nul doute la seule escapade qu'il n'admettrait pas. William est très libéral, mais il ne supporte pas que l'on déroge à sa classe sociale.

Lamento et danse lente continuaient à emplir la nuit d'une mélancolie venue du fond des âges.

— Avez-vous interrogé Paternoster, inspecteur?

— C'était le seul spectateur du match.

— Si vous en faites votre principal témoin, je vous plains.

— Pour quelle raison?

— Savez-vous qui il est, en réalité?

— Un amoureux des chevaux, un bon palefrenier et un chauffeur prudent.

— Tout cela est vrai, mais ne concerne que le Paternoster actuel. Je veux parler de l'autre...

— Double vie?

— Splendeur et décadence. Orazio Paternoster était un riche propriétaire terrien, à la tête d'un magnifique haras; il avait le don de l'élevage et gagnait une fortune en vendant de jeunes chevaux aux professionnels du saut d'obstacle.

— Comment sa vie s'est-elle brisée?

— À cause d'un crime : il a tué sa femme. La condamnation fut légère, par manque de preuves concrètes; quand il est sorti de prison, la famille de sa femme avait tout dilapidé et il a dû travailler comme palefrenier. Aurait-il omis de vous retracer ces tristes épisodes de sa carrière? Dommage. Qui a tué tuera, dit-on.

— Vous l'accusez?

— Je témoigne.

— Comment avez-vous été informée de son passé?

— Par lui-même, l'hiver dernier; j'attendais lord Benjamin qui était en retard. Orazio Paternoster traversait une sorte de dépression, tant il se sentait seul; il avait envie de parler, je l'ai écouté.

— Ne le trahissez-vous pas?

Le regard de Claudia Danseer s'enflamma.

— Il me trahit, je le trahis; œil pour œil, dent pour dent. Il m'a confié un autre détail : il haïssait Wolf parce que ce dernier maltraitait son cheval.

Claudia Danseer se précipita dans la danse qui changea aussitôt de rythme; l'Anglaise et la gitane

réunies, frappant le sol du talon, virevoltèrent sur
elles-mêmes, décidées à s'étourdir.

— C'est une brave fille, dit le chef à Higgins, un
peu excitée, mais une brave fille.

— L'admettrez-vous dans votre tribu?

— On ne devient pas gitane... mais nous ferons
une exception. Elle mérite bien un peu de paix et de
bonheur; sinon, elle ne se remettra pas de sa rupture.

Higgins sentit qu'il parvenait à un croisement
délicat; s'il se trompait de route, il passerait à côté
d'un indice essentiel. Il avait le choix entre deux
noms; à son intuition de le guider.

— Lord Benjamin avait donc décidé de la quitter
définitivement.

— Cette fois, inspecteur, c'était sérieux. Il y avait
eu bien des ruptures, mais il ne s'agissait que d'un
jeu cruel entre amants de longue date. Quand elle a
compris que sa décision était irrévocable, elle est
venue passer la nuit ici et a pleuré dans mes bras. Si
vous avez quelque pouvoir, vous devriez convaincre
ce Wolf de se montrer moins cruel envers une
femme qui l'aime.

— Mon pouvoir ne va pas jusque-là, déplora
l'ex-inspecteur-chef.

— Eh bien, il ne nous reste plus qu'à implorer la
Providence.

CHAPITRE XXVI

Malgré une migraine profonde et tenace, Scott Marlow se mit au travail dès son retour au Yard; lorsqu'il traitait une affaire de cette importance, il ne s'autorisait plus guère de sommeil.

Plusieurs journaux titraient sur l'énigme de Wimbledon. Le plus audacieux parlait d'un crime sur un court annexe. Pour le moment, personne n'avait vendu la mèche, mais ce n'était qu'une question de temps. Si le superintendant n'avait pas un coupable décent à offrir dans un délai très bref, son siège risquait de devenir éjectable.

Ne se laissant pas abattre par l'adversité, le superintendant vérifia les dernières données que lui avait transmises Higgins, au retour de leur expédition chez les gitans.

Quand l'ex-inspecteur-chef pénétra dans son bureau, Marlow arborait un franc sourire.

— J'ai d'excellentes nouvelles.

— Je vous propose de les savourer autour d'une bonne table, superintendant; je vous invite au Scarsdale Arms.

Le Scarsdale Arms était un pub réputé de Kensington dont la terrasse était agréable lorsqu'il ne pleuvait pas ; une petite barrière de bois semblable à celle d'un cottage campagnard isolait les clients de la rue. Higgins scruta le ciel.

— Nous devrions bénéficier d'une bonne heure de temps sec ; prenons une table à l'extérieur.

En ce mois de juin, les fenêtres du Scarsdale Arms étaient ornées de bacs contenant des géraniums ; ils rendaient gaie et colorée une façade à l'ancienne où l'on notait la présence de délicats balconnets en fer forgé à la hauteur du premier étage. L'entrée, en boiseries, était surmontée d'une véranda d'un goût plus douteux.

Sur les vitrines du rez-de-chaussée, deux inscriptions encourageantes : *Wines* et *beers*.

— J'ai faim, annonça Marlow.

— Je vous conseille des harengs, un gratin de pommes de terre et quelques fromages.

— Accepté.

Pour les vins, l'ex-inspecteur-chef se montra plus difficile ; connaissant la partie réservée de la cave de la maison, que le patron ne dévoilait qu'à quelques privilégiés, il hésita entre un pauillac, un listrac et un puisseguin-saint-émilion : il adopta finalement un cru du Haut-Médoc, en raison de sa robustesse.

Dès que Higgins eut approuvé le vin après l'avoir goûté, Marlow vida son verre. Son geste fut trop rapide, et il s'étrangla.

La situation n'était pas désespérée, mais pouvait le devenir ; Marlow étouffait bel et bien. Retenir son souffle jusqu'à devenir bleu sombre ne fournissait pas une solution efficace ; lui faire boire de l'eau la tête en bas pas davantage. Aussi Higgins commanda-t-il un oignon macéré dans du vinaigre qui fut promptement apporté à leur table ; il recommanda au superintendant de le mâcher avec persévérance.

Le hoquet s'apaisa et la respiration de Marlow revint à la normale.

— Bravo Higgins ! Voilà un remède efficace.

— À vrai dire, c'est plutôt un miracle ; vous devriez reprendre un peu de ce listrac. Ne lui gardez aucune rancune.

— Ce n'est pas mon intention.

Harengs et haut-médoc, contrairement à bien des idées reçues, firent bon ménage.

— Ces bonnes nouvelles, superintendant ?

— Votre Paternoster est bien un fieffé coquin ! Voyez-vous, Higgins, je me reproche de ne pas avoir interrogé les archives à son sujet. On devrait toujours tout vérifier.

— Je suis le premier coupable ; révéler que je comptais vous demander de le faire n'est pas une excuse. C'est bien un assassin ?

— Sans aucun doute : crime passionnel dans un accès de colère. Il était persuadé que sa femme le trompait ; l'enquête n'en a. pas apporté la preuve. Comme la préméditation n'a pas été établie et qu'Orazio Paternoster avait mené une existence paisible de grand propriétaire terrien, la justice ne l'a condamné qu'à cinq ans de prison.

— Ruiné?

— Complètement; sa belle-famille l'a mis sur la paille. Une belle figure de coupable, avouez-le.

— Mobile?

— Amoureux de Claudia Danseer et jaloux de Wolf; il eut la joie d'assister à sa mort sur le court central, en tant que spectateur du match. N'oubliez pas qu'il connaissait le nom du médicament que prenait son patron et qu'il a donc pu découvrir et voler le réactif chimique.

— Séduisant.

— S'il est amené devant ses juges, il sera condamné.

— À nous de prouver sa culpabilité.

— En douteriez-vous?

— Je dois l'interroger à nouveau.

— Mais enfin, Higgins...

— Quelque chose ne va pas, superintendant.

— De quoi s'agit-il?

— De l'enjeu de la partie.

— Un double mixte sur le central de Wimbledon est, en soi, un enjeu exceptionnel!

— Pas pour lord Benjamin; étant donné sa position au *All England Lawn-Tennis and Croquet Club*, il pouvait organiser une partie assez aisément. Pourquoi celle-là, avec ces joueurs-là et ces arbitres-là? Tant que nous ne connaîtrons pas le véritable enjeu, que l'on s'obstine à nous cacher, nous piétinerons et risquerons d'accuser un innocent.

Les deux hommes dégustèrent une pêche Melba. Higgins songea à la cantatrice Nelly Melba qui chantait *Lohengrin* au Covent Garden ; elle adorait les glaces, mais s'interdisait d'en manger, de peur de briser sa voix. Le cuisinier français Auguste Escoffier, qui travaillait au *Savoy*, ne supporta pas la détresse de la belle Nelly ; il mit au point une recette consistant à napper de coulis de framboise une pêche au sirop, de manière à masquer le froid de la glace et à le rendre inoffensif pour les cordes vocales de l'artiste. Ainsi était née la pêche Melba, que si peu de restaurateurs savaient encore servir dans sa version originale.

— Des réussites comme celles-là nous rendent un peu moins sévères sur l'espèce humaine, estima Higgins, mais elles sont si éphémères ; un parfum, une sensation, et l'avenir les dévore.

Le superintendant, en dépit de la qualité exceptionnelle de la pêche Melba, n'approuvait pas les élans lyriques de son collègue.

— Et si nous arrêtions ce Paternoster ? Il a tout de même menti par omission !

— S'il n'y avait que lui... Je dois l'interroger encore une fois. Cette fois, nous disposons d'un argument sérieux pour l'arracher à son silence.

— Je rêve d'un ordinateur qui nous donnerait la clé de l'énigme.

— L'humanité en rêve depuis plusieurs millénaires, mon cher Marlow.

Le cœur réjoui par le vin, le superintendant se laissait un peu aller.

— Vous est-il déjà arrivé de renoncer, Higgins ?

— Dans quel domaine ?

— Votre question est une réponse.

Higgins se reprocha d'avoir parfois considéré Marlow comme un lourdaud. Épais, compact, massif, le superintendant l'était; il n'avait ni les mêmes goûts, ni la même approche de l'existence que Higgins mais développait une qualité aussi rare qu'un beau diamant : la rectitude.

— Vous non plus, mon cher Marlow, vous ne renoncez pas.

— L'idée qu'un meurtrier puisse jouir de son crime m'est insupportable. Accordez-moi une confidence, Higgins : dans cette affaire, croyez-vous pouvoir identifier l'assassin?

— Sincèrement, il me manque un déclic... comme un dièse dans une partition où le compositeur aurait fait une faute technique.

— Êtes-vous quand même optimiste?

L'ex-inspecteur-chef n'eut pas le temps de répondre.

Un des hommes du superintendant le salua.

— Pardonnez-moi d'interrompre votre déjeuner, mais nous venons de recevoir un appel urgent. Un drame s'est produit chez les Danseer.

CHAPITRE XXVII

Marlow et Higgins se rendirent sur-le-champ à l'hôtel particulier de Mayfair. Le domestique en blouse blanche leur ouvrit la porte avant qu'ils n'aient sonné.

— Madame vous attend dans le grand salon.

Claudia Danseer n'était ni maquillée ni coiffée ; elle portait un ensemble d'intérieur qu'aucun visiteur n'aurait dû contempler. Le feu brillait dans la cheminée et la carafe de cherry trônait sur la table basse.

Elle se précipita vers eux et serra la main droite de Higgins dans la sienne.

— Inspecteur ! Je vis une véritable tragédie !

— Sir William ? avança Marlow.

— Mon mari ? Il est au bureau. Je parle de mes bijoux... Ils ont tous disparu ! On me les a volés !

— Calmez-vous, recommanda Higgins ; avez-vous inspecté vos cachettes habituelles ?

— Deux fois, trois fois ! Tout est vide...

— Aviez-vous un coffre ?

Claudia Danseer baissa la tête, telle une fillette réprimandée.

— Non... Me voler, moi, dans ma maison ! Comment imaginer pareille horreur ?

— Quand le forfait a-t-il été commis, à votre avis ?

— Cette nuit, ce matin, à midi... que sais-je ?

— Nous permettez-vous d'examiner cette demeure à la recherche d'un indice ?

— Je vous en prie. Trouvez-les, trouvez mes bijoux !

— En possédez-vous une liste ?

— Trois colliers d'or, quatre pendentifs de diamants, plusieurs colliers et bagues d'émeraudes, des pendants d'oreille en jade, des perles, des...

— Je vois à peu près ; nous nous mettons au travail sans tarder.

Les deux policiers explorèrent l'hôtel particulier selon une technique bien éprouvée, l'un vérifiant l'autre ; Scott Marlow, qui connaissait la cache traditionnelle dans les radiateurs en fonte, retira la main dès qu'il eut touché le premier d'entre eux.

— Brûlant ! s'exclama-t-il. Curieux, au mois de juin.

Higgins appela Claudia Danseer.

— Vous chauffez encore à cette époque de l'année, madame ?

— Je suis très frileuse, inspecteur, comme beaucoup de gens. La température peut tomber très bas. Nous chauffons toute l'année.

— Pourriez-vous m'indiquer l'emplacement de la chaufferie ?

— Le maître d'hôtel va vous y conduire.

La chaudière de l'hôtel particulier était fort bien entretenue ; comme elle fonctionnait à bas régime, Higgins ouvrit la porte et, avec une pelle, retira un curieux magma.

Marlow pria Claudia Danseer de descendre.

— J'ai retrouvé vos bijoux, déclara Higgins, ou plutôt ce qu'il en reste.

— Je n'ose comprendre.

— Vos bijoux ont été fondus, madame.

Claudia Danseer s'évanouit et tomba dans les bras de Scott Marlow.

Pendant qu'un service spécialisé de Scotland Yard s'occupait de vider la chaudière et de récupérer les pauvres restes du trésor, Higgins hélait un taxi et lui donnait l'adresse de Knott. Claudia Danseer était sortie de son bref coma.

Qui pouvait avoir commis cette monstruosité ? Il fallait bien connaître la demeure de Mayfair, l'emplacement de la chaudière et son maniement ; et pourquoi cette destruction gratuite, cette volonté d'anéantir de splendides objets ? La dépression de l'épouse de sir William n'était pas feinte ; Higgins avait appelé un médecin qui lui prescrivait un calmant.

*

La maison de Chelsea, cachée au cœur du jardin, était bien un petit paradis ; de nombreux oiseaux voletaient dans les feuillages des saules pleureurs tandis qu'un vent léger ridait la surface de l'étang où se prélassaient des nymphéas. Higgins emprunta la petite allée sablée bordée de poteries fleuries et utilisa le heurtoir de la porte principale.

Toby Knott l'ouvrit, une glace dans la main droite.

— Encore toi, Scotland Yard !

— Tes parents sont là, mon garçon ?

— Papa est au travail, Maman prépare le thé.

— J'aimerais m'entretenir avec elle.

— Qu'est-ce que tu veux dire ?

— Ça ne te regarde pas, mon garçon.

Toby Knott bouda, renversa sa glace et la piétina.

— Je suis un peu magicien, Toby.

La remarque attira l'attention du gamin.

— Ah oui ? Et qu'est-ce que tu sais faire ?

— Prédire l'avenir, par exemple.

— Vas-y ! Qu'est-ce qui va m'arriver demain ?

— Demain, c'est un peu loin... mais, dans une seconde, tu vas chercher une éponge mouillée et nettoyer le sol.

— On ne me donne pas d'ordres et je suis pas une bonne.

— Je te donne un ordre et tu obéiras.

— Sinon ?

— Sinon, c'est la fessée.

— Tu n'oseras pas !

Higgins ne répondit que par le regard. Impressionné, Toby s'enfuit en courant. L'ex-inspecteur-chef n'espérait aucun résultat concret ; pourtant, le gamin revint avec l'éponge et nettoya avec maladresse.

— Il te reste beaucoup à apprendre, estima Higgins ; si tu commences à respecter les choses, tu finiras peut-être par respecter les gens.

— C'est quoi, respecter ?

— C'est ne pas se considérer soi-même comme le centre du monde ; il faut commencer très tôt, car l'on prend vite de très mauvaises habitudes.

Lucida Knott apparut, radieuse, dans une robe blanche qui la rendait aérienne.

— Inspecteur ! Vous me cherchiez ? Que fais-tu, Toby ?

— Je nettoie le centre du monde, maman.

— Je viens de prendre le thé, inspecteur ; je vous en prépare un autre ?

— Ce ne sera pas nécessaire, madame.

— Venez dans le jardin.

Lucida Knott et Higgins marchèrent très lentement, le long des rocailles fleuries.

— Je ne veux pas que Toby entende notre conversation ; ce n'est qu'un enfant, fragile et influençable.

— Qu'avons-nous à lui cacher ?

— Cet horrible meurtre, vos soupçons...

— Quels sont-ils, à votre avis ?

La voix de la jeune femme se troubla.

— Je... je n'ai pas à en parler.

— Pourquoi pas ?

— Avez-vous conclu votre enquête, inspecteur ?

— Pas encore.

— Vous irez jusqu'au bout, n'est-ce pas ?

— Oui, madame.

— En ce cas, laissez-moi en paix.

— C'est votre dernier mot ?

— Je ne peux pas en prononcer d'autre.

— Qui vous ferme la bouche ?

— Personne, inspecteur, personne. C'est moi qui aspire au silence.

— Un moment vient où il n'est plus de mise ; un meurtre a été commis.

Elle s'immobilisa et croisa les mains sur sa poitrine, comme si elle avait froid.

— Bientôt, il va pleuvoir. J'aime la pluie et le temps gris. Je les trouve rassurants et confortables ; comme c'est bon de rentrer chez soi et de rêver au coin du feu ! Ici, même l'été, on peut avoir cette bonne surprise grâce à la pluie. J'espérais que vous vous arrêteriez en chemin, inspecteur, mais votre amour de la vérité est trop exigeant.

Lucida Knott s'assit sous l'un des saules pleureurs.

Higgins avait échoué ; une fois de plus, elle avait refusé de parler.

Alors qu'il quittait le jardin, Toby Knott l'agrippa par le bras.

— Tu sais, Scotland Yard, moi aussi je mène des enquêtes. Tout ce qui se passe dans cette maison, je le sais. Et il se passe parfois de drôles de choses, comme l'autre nuit.

Toby faisait le fier.

— Des choses que j'ignore ?

— Ça, sûrement !

— Prouve-le-moi.

— J'avais fait un mauvais rêve et j'ai eu peur...
Je me suis levé pour aller voir Maman. Il y avait de
la lumière dans l'entrée. Elle disait au revoir à un
monsieur en l'embrassant... Ce n'était pas Papa,
mais M. Danseer. Comme mon rêve était fini, je suis
retourné me coucher sans rien dire à Maman.

CHAPITRE XXVIII

Le restaurant F. Cooke, fondé en 1862 à Hackney, 41 Kingsland Road, avait conservé son décor d'origine : carrelages, miroirs, tables de marbre à pieds de fer, bancs, coupoles percées dans le plafond d'où pendaient des lampadaires, peinture blanc cassé pour les murs.

L'ensemble était plutôt froid et austère ; classé comme « restaurant populaire », Cooke accueillait une clientèle mélangée venue déguster ses friands et sa principale spécialité, les anguilles ; depuis l'ouverture de l'établissement, ne conservait-on pas deux tonnes d'anguilles vivantes sur place, dans des réservoirs ?

Orazio Paternoster était vêtu d'un costume gris perle au tissu élimé ; il chercha du regard l'inspecteur du Yard qui l'avait invité. Higgins avait choisi la place la plus discrète, dans un angle, et lisait le *Times*. Nerveux, le chauffeur-palefrenier s'approcha.

— Les nouvelles ne sont pas fameuses, M. Paternoster ; notre équipe de football battue, la Bourse en baisse et beaucoup de remous autour du prochain tournoi de Wimbledon. N'en seriez-vous pas un peu responsable ?

— Ce serait beaucoup dire ; puis-je m'asseoir ?

— Vous êtes mon invité, comme je vous l'ai dit au téléphone ; j'espère que vous aimez les anguilles ?

— C'est l'un de mes plats préférés.

De la *stout* accompagnerait le mets ; même après avoir bu une première rasade, Orazio Paternoster demeura sur la défensive.

— J'ai eu quelque difficulté à trouver un endroit qui vous convînt.

— Suis-je un hôte si peu convenable ?

— Cooke plaît aussi bien à de grands propriétaires terriens qu'à des employés de maison.

Paternoster mastiqua péniblement un morceau d'anguille.

— Vous exprimeriez-vous par énigmes ?

— Pour vous, elles sont simples à résoudre.

— J'ai refait ma vie, inspecteur.

— Qui peut se libérer du passé ?

— Quiconque l'a décidé.

— Vous étiez bien propriétaire terrien ?

— Je possédais plusieurs hectares, en effet... un beau et vaste domaine avec des bois, des étangs et des collines. J'aimais poser mon regard sur ces immensités et penser : « C'est à moi. » J'ai été aussi heureux qu'on peut l'être. Vivre sur ses terres, c'est la plus grande des ivresses.

— Votre femme partageait-elle cette passion ?

Orazio Paternoster posa sa fourchette et devint glacial.

— Écoutez bien ce que je vais vous dire, inspecteur : ma femme était à la fois un ange et un démon. Un ange quand elle m'aidait à soigner les chevaux, à les mettre au monde, quand elle se promenait à mes côtés dans le domaine ; un démon quand elle me reprochait tout cela pendant des heures. Les nuits étaient abominables ; elle me réveillait toutes les deux heures et me reprochait de ne pas m'occuper d'elle ; elle était devenue jalouse de mes chevaux. J'ai tenté de la raisonner, mais la moindre de mes paroles décuplait sa hargne.

— De plus elle vous a trompé.

Orazio Paternoster éclata de rire.

— Non... cette histoire-là, c'est moi qui l'ai inventée ! J'ai accusé un vieil ami célibataire qui s'est défendu avec vigueur. L'enquête n'a rien pu prouver, mais le bénéfice du doute a joué en ma faveur. « Crime passionnel », c'était bon à prendre.

— Car vous avez bien tué votre femme.

— Sans aucun doute. Crime préventif, inspecteur ; elle m'avait menacé.

— En quels termes ?

— Elle avait décidé de couper les jarrets de mes chevaux. Les voir souffrir et me voir désespéré l'aurait follement amusée.

— N'étaient-ce pas des paroles en l'air ?

— Je suis persuadé du contraire ; elle était devenue hystérique et aurait mis ses projets à exécution. Je devais l'empêcher de nuire ; à ma place, vous auriez agi de la même façon.

— Vous avez donc plaidé coupable.

— C'était la meilleure solution : pas de préméditation, un accès de colère, la fureur d'un mari bafoué... Mes juges n'ont pas été trop sévères. Si vous saviez comme j'étais satisfait de la voir morte ! À l'idée que mes chevaux étaient sauvés, je me sentais soulagé.

— Soulagement illusoire, M. Paternoster ; en prison, vous ne pouviez vous occuper d'eux.

— Il est vrai que je n'avais pas songé à ce détail ; par bonheur, mon avocat m'a donné le nom de leurs acheteurs. J'ai pu correspondre avec eux ; mes chevaux ont été bien soignés. En fin de compte, j'avais bien agi. Et puis, à ma sortie de prison, j'espérais bien les récupérer d'une manière ou d'une autre. J'avais négligé l'esprit revanchard de ma belle-famille ; elle m'avait dépouillé de tout, profitant de mon manque de précautions dans la gestion de mes biens. L'homme d'affaires, c'était ma femme.

Higgins recommanda de la *stout* ; l'évocation de ces souvenirs assoiffait Orazio Paternoster.

— Il m'a fallu gagner ma vie, poursuivit-il ; je me suis présenté dan: de grands domaines comme palefrenier, chauffeur et homme à tout faire. J'ai fait six mois là, un an ici, jusqu'à ce que mes employeurs découvrent mon passé et me mettent à la porte.

— Lord Benjamin, lui, vous a gardé.

— Avant qu'il ne m'engage, je lui ai tout dit. Il a écouté, pris des notes et m'a convoqué le lendemain. « J'ai bien étudié votre dossier, m'a-t-il révélé ; vous avez bien plaidé votre cause. Ça me plaît. Je vous engage à condition que vous soyez constamment à ma disposition. » Puisqu'il y avait un cheval, les conditions me convenaient.

— C'est précisément ce cheval qui pose problème.

— Pourquoi? s'étonna Paternoster.

— Parce que lord Benjamin, d'après vous-même, le maltraitait.

— Heureusement, j'étais là pour le protéger.

— Vous percevez mal la situation, M. Paternoster; vous avez tué votre femme parce qu'elle menaçait vos chevaux et lord Benjamin est mort assassiné alors qu'il infligeait des sévices à un cheval dont vous vous sentiez responsable. La conclusion ne vous saute-t-elle pas aux yeux?

Orazio Paternoster blêmit.

— Moi, un assassin... vous divaguez!

— Vous l'êtes déjà, rappela l'ex-inspecteur-chef.

— Je ne veux pas être accusé, moi!

— En ce cas, il faut me dire toute la vérité.

— Leurs histoires de riches, je ne veux pas m'en mêler.

— Avec votre passé, vous serez une proie idéale pour un tribunal.

Paternoster serra sa pinte de bière comme une bouée de sauvetage.

— Bon... je peux vous révéler un détail sordide. Le mari de Claudia Danseer, sir William...

Les mots ne sortaient pas de la bouche du chauffeur-palefrenier.

— Avez-vous assisté à une scène chez lord Benjamin?

— Non, ce n'est pas ça du tout. Ce rapace de Danseer était le commissaire-priseur qui a vendu tous mes biens aux enchères. J'ai eu dix fois envie de le supprimer, mais la prison et l'âge m'ont rendu moins agressif. Et je ne veux pas retourner derrière les barreaux.

Higgins prit note sur son carnet noir.

— C'est intéressant, M. Paternoster, mais très insuffisant.

— Je ne sais rien de plus.

— Bien sûr que si ; vous avez vu vivre lord Benjamin et vous connaissez toutes ses manies. Je suis persuadé que l'une d'elles était tout à fait étonnante.

— Qu'est-ce qui vous fait croire ça ?

— La personnalité de la victime et l'enjeu caché du double mixte de Wimbledon ; il me manque une clé, et c'est vous qui la détenez.

— Je ne suis pas un délateur. Wolf ne m'a joué aucun mauvais tour. Je risque vraiment la prison, si je me tais ?

— Je le crains.

Orazio Paternoster céda ; il plongea la main dans sa poche droite.

— La voici, votre clé, dit-il en posant l'objet sur la table.

CHAPITRE XXIX

— Soyez assez aimable, M. Paternoster, pour répéter au superintendant ce que vous m'avez confié.

Le palefrenier jeta à Higgins un regard de chien battu.

— Eh bien voilà : chaque matin, avant de partir pour son bureau ou de recevoir une visite, lord Benjamin descendait à la cave. Il y restait une dizaine de minutes.

— Bien entendu, vous l'avez suivi.

— J'étais intrigué, je vous l'avoue ; une fois, j'ai essayé. Mais il était très méfiant, regardait sans cesse derrière lui. Je me suis tout de même aperçu qu'il glissait la main dans une cavité, à gauche du cellier, avant de disparaître. Après sa mort, je suis allé à cet endroit. Dans la cavité il y avait une clé. Celle que j'ai remise à l'inspecteur Higgins au restaurant.

— Votre curiosité ne vous a pas poussé plus avant ? demanda Scott Marlow.

— Non, superintendant ; je suis claustrophobe. Pour moi, une cave est l'antichambre de l'enfer.

— Allons-y, proposa Higgins.

Les deux policiers descendirent dans l'immense sous-sol du manoir de lord Benjamin : la cave à vins était bien garnie, mais ils ne prirent pas le temps de s'attarder sur les bouteilles.

Trois marches menaient à un grand couloir voûté où l'on pouvait se tenir debout ; il se terminait par une porte blindée.

Higgins introduisit la clé dans la serrure ; le mécanisme de fermeture fonctionna et la porte s'ouvrit.

Sur le mur de gauche, un interrupteur ; l'ex-inspecteur-chef illumina la pièce, un carré au plafond bas ; au fond, une sorte de sarcophage surmonté d'une croix.

— Mais... c'est une tombe ! s'exclama Marlow.

Le sarcophage était en granit noir, la croix en marbre blanc veiné de rose. Une inscription très brève :

À Hughes

*

Scott Marlow but un verre de cognac pour se remettre de ses émotions ; les cadavres, cimetières et autres urnes funéraires lui retournaient l'estomac.

— Qui est ce Hughes ? demanda Higgins à Orazio Paternoster.

— Je l'ignore, inspecteur.

— Lord Benjamin n'a-t-il jamais prononcé son nom devant vous ?

— Jamais.

— Aucune allusion, de la part de Claudia Danseer ?

— Aucune.

— Continuez à garder cette demeure, M. Paternoster ; nous nous débrouillerons sans vous.

**
*

Le responsable du service des archives du *All England Lawn-Tennis and Croquet Club* trempait un gâteau sec dans son thé lorsque Higgins et Marlow frappèrent à la porte de son bureau.

— Scotland Yard ! s'étonna-t-il après que les deux policiers se furent présentés ; votre visite est liée à la mystérieuse affaire du court central, je parie ?

— On ne peut rien vous cacher, dit Higgins, chaleureux.

— Que désirez-vous savoir ?

— Nous aimerions consulter le registre où sont recensées les parties exceptionnelles disputées hors du tournoi.

— Rien de plus simple ; à quelle date ?

— Les cinq dernières années ne m'intéressent pas.

— Vous n'avez pas de date précise ?

— Hélas, non !

— La consultation ne sera guère difficile ; la liste des parties exceptionnelles n'est pas très longue.

Higgins se plaça à côté du responsable pour lire en même temps que lui.

— Que cherchez-vous exactement ?

— Le nom des joueurs.

Les feuilles du registre défilèrent et les années s'écoulèrent sous les doigts du responsable.

— Toujours rien, inspecteur ?

— Continuez.

Soudain, les doigts tremblèrent.

— C'est... c'est impossible ! Regardez là !

Le travail avait été accompli avec un soin extrême ; beaucoup ne se seraient aperçus de rien. Mais le responsable choyait ses registres et les connaissait à la perfection.

— La page a été déchirée, avoua-t-il, accablé.

Le médecin arriva sur place moins de dix minutes après l'appel de Higgins ; le responsable des archives de Wimbledon, profondément choqué, commençait à délirer. Le scandale prenait des proportions énormes ; qui aurait pu imaginer que l'on volât l'un des cinq mille exemplaires de la bibliothèque de Wimbledon et encore moins l'une des pièces des archives ? L'Angleterre chavirait et revenait à la barbarie.

— Qui a pu commettre un pareil forfait ? s'indigna Scott Marlow.

— L'identité du coupable n'est pas difficile à établir, jugea Higgins.

Le superintendant attendait un nom, mais l'ex-inspecteur-chef demeura muet, comme perdu dans un rêve.

— D'après le registre, constata Marlow, la partie occultée a eu lieu il y a une dizaine d'années.

— Vingt ans, murmura Higgins.

— Ah non! protesta le superintendant, surpris d'une telle erreur; vous vous trompez.

— Je parlais de la jeunesse, de ce moment impossible où l'enfance meurt et où la maturité ne parvient pas à renaître. Vingt ans... un âge terrifiant et merveilleux, détestable et adorable, où tous les rêves peuvent prendre forme, tous les cauchemars devenir réalité.

Marlow ne suivit pas Higgins dans le méandre de ces déclarations dont il ne percevait pas l'utilité. L'ex-inspecteur-chef ouvrit son carnet noir et prit quelques notes.

— Votre datation est parfaitement exacte, mon cher Marlow; la mienne n'était qu'un regret inutile. À présent, il faut affronter la réalité telle qu'elle est.

Un fol espoir anima le superintendant.

— Cela signifie-t-il... que vous avez identifié l'assassin?

— Votre question est incomplète, mais nous avons une chance d'aboutir. Il me faut obtenir quelques détails supplémentaires mais, cette fois, l'initiative a définitivement changé de camp.

Juin se rafraîchissait. La météorologie annonçait un tournoi de Wimbledon très perturbé par le vent et la pluie. Une forte averse inaugurait une période de mauvais temps prolongé qui convenait à merveille à l'ex-inspecteur-chef. Il boucla la ceinture de son *Tielocken*, capable d'affronter les plus violentes tornades.

— À ce soir au Yard, superintendant.

CHAPITRE XXX

Près de la National Gallery, non loin de Trafalgar Square, des peintres amateurs exposaient leurs œuvres dès que la pluie cessait. Ils proposaient aux passants de faire leur portrait pour un prix modique, en suivant la technique de Daumier plutôt que celle de Picasso ; ils ne manquaient pas de travail, car beaucoup se laissaient tenter, comme Claudia Danseer qui s'était assise sur une petite chaise, face à l'artiste installé sur un tabouret pliant.

— Très ressemblant, jugea Higgins ; vous avez choisi un bon peintre.

La femme de sir William sursauta.

— Inspecteur ! Pardonnez-moi. Comme j'étais en avance à notre rendez-vous, j'ai eu envie... c'est stupide !

— Charmant, au contraire, lorsque le modèle est beau et l'artiste précis.

Claudia Danseer rougit.

— La perte de mes bijoux m'a affreusement ébranlée, inspecteur.

— Comment votre mari a-t-il réagi ?

— Il était navré; plusieurs pièces avaient une grande valeur artistique à ses yeux. Il m'a promis de m'offrir la première collection de valeur qui viendrait à sa connaissance. Je peux... finir?

— Je vous en prie.

— Pourquoi cet entretien privé?

— Pour vous dire que vous avez commis une grave erreur.

— Je ne comprends pas, inspecteur.

— Vous avez cru que vous pourriez tenir tête à un destructeur dont vous avez sous-estimé la puissance.

— Vous parlez par énigmes.

— En voici une autre : Hughes.

Claudia Danseer bondit, comme piquée par une guêpe. Elle renversa sa chaise, fit tomber son portrait et bouscula le peintre.

— Tenez, dit-elle en lui remettant un gros billet, gardez tout.

Affolée, elle tenta de traverser la rue; deux voitures freinèrent. L'un des conducteurs perdit son self-control et apostropha l'imprudente.

— Calmez-vous, recommanda Higgins en la prenant par le bras, et marchons.

— Hughes... Hughes... vous n'avez pas le droit!

— Savez-vous où il est enterré?

— Non, personne ne le sait! Hughes a disparu, il y a longtemps, si longtemps...

— Vous vous trouviez à Wimbledon, sur le court central, ce jour-là?

— Oui, il faisait bon, presque trop chaud.

— Et Hughes jouait bien?

— Non, il était trop fougueux, manquait de technique et montait sans cesse au filet, même lorsque ses attaques étaient insuffisantes.

— Vous jouiez avec lui ou contre lui?

— Ni partenaire ni adversaire.

— Arbitre?

— Arbitre de chaise. J'étais anxieuse, mais le hasard m'avait désignée.

— Hughes était jeune, n'est-ce pas?

— Il était la jeunesse, inspecteur; beau, fort, exalté, incapable de contenir son tempérament passionné... Il ne parvenait pas à se discipliner. Pour un coup génial, il en ratait neuf faciles. Mais il continuait à prendre trop de risques.

— Dépensier?

— Panier percé et poche trouée.

— Sa mère était morte depuis longtemps?

— À sa naissance. Une Brésilienne, je crois.

— Hughes avait été élevé à l'étranger?

— Dans les meilleurs collèges suisses; il n'est arrivé en Angleterre qu'à dix-neuf ans.

— Et beaucoup ignoraient qu'il était le fils de lord Benjamin Wolf?

— En effet. Benjamin voulait qu'il fasse ses preuves seul, sans utiliser un nom célèbre.

— Les choses ont mal tourné.

— Plutôt.

— Dettes de jeu?

— Dettes de toutes sortes.

— Un financier devait renflouer; David Knott, je suppose?

— Lui-même.

— Sir William se trouvait-il à Wimbledon ?

— Non ; il avait une vente importante en province.

— Donc, Hughes Wolf a joué contre David Knott ; pour obtenir le court central, il avait utilisé le nom de son père.

— Un merveilleux passe-partout.

— L'enjeu de la partie devait être important... L'effacement de la dette ?

— Vous avez deviné, inspecteur.

— Mais Hughes a perdu ?

— Oui et non. David menait 6-2, 5-1 et 40-0 sur son service quand Hughes a tenté une nouvelle montée au filet, tout à fait suicidaire. À mi-cours, il a lâché sa raquette, porté les mains à son cœur et s'est écroulé.

— Crise cardiaque ?

— Tout à fait évidente.

— Exactement le même décès que son père qui, lui, est mort assassiné.

— Pas Hughes ! cria Claudia Danseer, pas lui ! C'est une horrible coïncidence, à plusieurs années d'intervalles, rien d'autre. Tout le monde aimait Hughes ; personne ne voulait le tuer.

— Comment a réagi David Knott ?

— Il a effacé la dette et n'a rien réclamé à lord Benjamin.

— Ce dernier fut-il très éprouvé ?

— Un fauve blessé à mort. Il avait confiance en son fils unique, espérait qu'il deviendrait un homme de qualité dont il serait fier. Il fut assez puissant pour étouffer toute information et aucun journaliste n'osa aggraver la douleur d'un père par un article à sensation. Hughes a été vite oublié; son père l'a enterré sans inviter personne à la cérémonie et il ne m'a jamais reparlé de ce drame.

— Pourquoi m'avoir caché tout cela, madame?

— Par respect pour la mémoire du père et du fils; le malheur les a frappés tous les deux. Pourquoi déterrer de vieilles histoires qui doivent rester dans les ténèbres?

— Le score que vous m'avez indiqué prouve que Hughes Wolf n'avait pas été tout à fait battu.

— On assiste parfois à de surprenants retournements de situation, bien que celle-là fût très compromise. David Knott, néanmoins, admit qu'il n'y avait ni vainqueur ni vaincu.

— Je pense que vous avez tout raconté à lord Benjamin?

— Il m'a interrogée, je lui ai répondu; son fils était cardiaque et personne ne le savait. Qui peut lutter contre la fatalité, inspecteur?

— Une autre fatalité.

— Je ne vous suis pas.

— Aucun des crimes que vous avez évoqués ne restera dans l'ombre.

— Seul lord Benjamin a été assassiné, inspecteur.

— En êtes-vous si sûre?

Cette fois, Claudia Danseer échappa à Higgins. Il ne tenta pas de la rattraper.

CHAPITRE XXXI

— Auriez-vous quelques minutes à m'accorder, M. Knott ?

— Puisque vous avez forcé la porte de mon bureau, inspecteur, ne vous gênez pas. Vous ignorez peut-être que je suis débordé de travail ?

— C'est excellent pour la mémoire, paraît-il ; à propos de mémoire, le nom de Hughes Wolf vous rappelle-t-il quelque chose ?

La métamorphose que Higgins vit s'opérer sur le visage de David Knott fut spectaculaire ; le front se rida, les grandes oreilles rougirent, le nez très fin se pinça, le charme naturel céda la place à une expression haineuse.

— Alors, vous êtes remonté jusque-là !

— Le destin nous poursuit tous, M. Knott ; vous étiez sur le point de gagner ce match, semble-t-il ?

Le financier ricana.

— J'avais pas mal de balles de match, en effet ; mais Hughes est mort brutalement avant d'avoir perdu de manière formelle. Je n'ai pas été mauvais joueur...

— Vous n'avez pas évoqué sa dette auprès de son père ?

— Exact. C'eût été d'un goût douteux, non ?

— S'il avait gagné, Hughes effaçait sa dette ; et s'il perdait ?

— Elle doublait.

— La similitude de la mort du fils et du père ne vous a-t-elle pas frappé ?

— J'aurais dû faire le rapprochement, à votre avis ? Le genre morbide ne m'intéresse pas. Si ça ne vous dérange pas trop, j'aimerais retourner à mes dossiers.

— La mort de Hughes Wolf vous a-t-elle paru... naturelle ?

— C'est l'évidence même.

— N'avez-vous rien d'autre à me dire ?

— Fermez la porte en partant.

*
**

Ariane Fenton, en tailleur jaune satiné, offrit à Higgins son plus beau sourire.

— Toujours en chasse, inspecteur ?

— Identifier un assassin n'est pas toujours facile.

— Avez-vous abouti ?

— Le voile se déchire peu à peu.

— En quoi puis-je vous être utile ?

— J'aimerais vous parler d'un match de tennis qui a eu lieu voici une dizaine d'années. Sur le central de Wimbledon jouait déjà un Wolf ; mais celui-là se prénommait Hughes.

La jolie brunette perdit son sourire.

— C'est si loin, inspecteur ; mes souvenirs sont un peu flous.

— Vous assistiez à la rencontre, mademoiselle.

— Spectatrice privilégiée, c'est vrai ; Hughes était un jeune homme fougueux et sympathique. Quel malheureux accident ! Mourir si jeune d'une crise cardiaque... Est-il destin plus injuste ?

— Le père a, hélas ! imité le fils.

— Pas tout à fait. La différence entre eux, c'est un assassinat.

— Pourquoi ce match avait-il été organisé ?

— Hughes avait emprunté une somme importante à David Knott ; comme ils étaient joueurs tous les deux, ils avaient décidé de mettre la dette sur le gazon. Si ma mémoire est bonne, Hughes était en mauvaise posture ; j'ignore si Knott a récupéré sa mise.

— Pourquoi ne m'avoir pas parlé de cet incident ?

— Parce qu'il n'avait aucun rapport avec votre enquête.

***
***

Sir William Danseer vérifiait les étiquettes apposées sur de petits bronzes du XVIIIe siècle qui passeraient bientôt aux enchères.

— Inspecteur Higgins ! Quel bon vent vous amène ?

— Lord Benjamin avait-il un fils ?

L'aristocrate ôta ses lunettes en demi-lune et réajusta son nœud papillon à pois verts.

— C'est une histoire un peu compliquée. Benjamin avait eu un enfant à l'étranger et ne l'avait rapatrié en Angleterre qu'après une sévère éducation en Suisse. Précaution inutile, d'après ce que je crois savoir ; son fils, Hughes, a eu une conduite plutôt déplorable.

— Son père était-il au courant ?

— Je ne crois pas ; Hughes avait peur de lui, et il savait être discret.

— David Knott ne l'a-t-il pas aidé ?

— Il lui aurait prêté de l'argent, en effet ; d'après mon épouse, il serait mort d'une crise cardiaque lors d'un match disputé à Wimbledon contre Knott.

— Vous n'étiez pas présent ?

— J'avais une vente en province.

— Comment a réagi lord Benjamin ?

— Impossible de déchiffrer ses sentiments, mais je crois qu'il fut très affecté. Il a occulté la mort de Hughes ; personne n'a été invité aux funérailles et je serais incapable de vous dire où son fils a été enterré.

*

Lucida Knott était revenue à l'église St. Bride ; après avoir prié, elle sortit du lieu saint à pas lents et, sur le seuil, se heurta à Higgins.

— Nous devrions aller nous asseoir à l'intérieur, Mme Knott.

— J'aimerais rentrer chez moi. Toby m'attend.

— Nous avons une tâche urgente à accomplir.

— Laquelle, inspecteur?

— Discuter sous le regard de Dieu.

Il la prit doucement par le bras; elle s'assit à ses côtés, dans la nef, et regarda fixement devant elle. En cet endroit, Higgins savait qu'elle ne lui mentirait pas.

— Il y a une dizaine d'années, Hughes Wolf et David Knott se sont affrontés sur le central de Wimbledon. Vous en souvenez-vous?

Elle murmura un « oui » très faible.

— Pour quelle raison?

Un long silence s'instaura; Lucida Knott joignit les mains en un geste de prière.

— Une affaire de dettes : Hughes était dépensier. En cas de victoire, il n'aurait pas eu à rembourser David.

— Ce n'était pas le seul motif.

Elle faillit protester, mais les mots ne franchirent pas l'obstacle de ses lèvres. Lorsqu'elle tenta de se lever, Higgins lui agrippa le poignet, sans violence mais avec fermeté.

— Désolé de vous retenir encore quelques instants; je vais vous aider. Hughes Wolf était un jeune homme très séduisant, fougueux, passionné; vous étiez belle, rayonnante. Qui n'aurait été séduit par vous? Hughes est tombé amoureux, n'est-il pas vrai?

Lucida Knott hocha la tête affirmativement.

— Vous n'avez pas été insensible à ses avances,

mais vous éprouviez une grande affection pour un autre homme : David Knott.

Elle ne nia pas.

— Amoureuse de deux hommes si différents, comment décider ? Eux ont fait un choix : le jeu. Non pas un jeu de hasard, mais un sport impliquant un engagement total. Une femme aussi belle que vous méritait bien le court central de Wimbledon que Hughes Wolf réussit à obtenir grâce au nom de son père. Vous étiez bien l'enjeu de la partie, n'est-ce pas ?

Des larmes coulèrent sur ses joues.

— Pourquoi m'avoir caché tout cela ?

— Parce que mon fils risquait de mourir !

Ne se contenant plus, elle s'arracha à l'emprise de Higgins et s'enfuit.

L'ex-inspecteur-chef demeura quelques minutes en méditation, songeant au proverbe : « Quand Dieu ferme une porte devant vous, Il en ouvre une autre. »

CHAPITRE XXXII

Le superintendant Marlow frisait la dépression.

— Le téléphone ne cesse pas de sonner, les rapports s'accumulent sur mon bureau, les journalistes font le siège du Yard... Où en êtes-vous, Higgins ?

— Le ciel se dégage, mon cher Marlow.

— L'assassin ?

— Pourriez-vous convoquer tous les témoins de la mort de lord Benjamin à Wimbledon, sur le court central, à quatorze heures ? Si le temps est clément, nous pourrons procéder à une reconstitution.

— La discrétion n'est pas assurée ; si des feuilles à scandale s'emparent de l'événement...

— Nous pourrons leur donner des informations concrètes.

— Et si nous échouons ?

— À Dieu ne plaise, superintendant.

***
***

Dans sa *Légende de Wimbledon*, que tous les amateurs de beau tennis auraient dû connaître,

J.-B. Harrenlittlewoodrof évoquait à merveille le moment de la victoire :

> *Et la dernière balle s'envole vers le ciel,*
> *Et le dernier rebond embrasse le gazon,*
> *Et le dernier souffle du héros de blanc vêtu*
> *Salue la foule ardente, recueillie et conquise.*

Depuis une heure, Higgins consultait une nouvelle fois ses notes et préparait son plan. Il avait trié le bon grain de l'ivraie, séparé l'essentiel du détail, fixé son esprit sur les questions majeures qui conduisaient à l'identification de l'assassin, un personnage aussi habile qu'opportuniste. Il avait espéré brouiller les cartes et troubler le jeu au point que Higgins mélangeât les pistes ; si l'individu excellait dans l'art du trompe-l'œil, il avait mésestimé la ténacité de l'ex-inspecteur-chef et commis quelques erreurs qui le conduiraient devant ses juges pour crime avec préméditation.

Higgins cueillit un brin d'herbe du court central et le glissa dans la poche de son blazer ; dès son retour aux Slaughterers, il le montrerait à Trafalgar. Le siamois aimait bien humer le parfum d'une enquête et savoir d'où revenait l'ex-inspecteur-chef. Ce petit rituel accompli, on pouvait passer à la dégustation d'un solide repas de retrouvailles.

Orazio Paternoster arriva le premier. Costume de ville gris perle, haut-de-forme, pochette et cravate de soie : il ressemblait davantage à un notable qu'à un chauffeur-palefrenier. Higgins le pria de s'installer dans la tribune, à la place qu'il occupait en regardant la partie tragique.

— Que nous préparez-vous, inspecteur ?

— La vérité.

— Redoutable perspective ; le match entre vous et le mensonge risque d'être serré.

— Je compte sur ma volée et quelques balles bien placées.

— Bonne chance.

De l'entrée du central, Marlow fit un signe à Higgins : il signifiait que le service d'ordre était en place et que personne ne pourrait s'enfuir.

— Savez-vous que j'ai été fouillé ? s'étonna Orazio Paternoster.

— La sécurité est l'une des obsessions du superintendant ; il redoute toujours une réaction brutale d'un assassin et l'utilisation malvenue d'une arme.

— Il n'a peut-être pas tort. Je suis en avance, on dirait ?

— De trois minutes.

Quand il aperçut sir William Danseer et son épouse faire leur entrée sur le court, Orazio Paternoster alla s'asseoir et adopta une attitude digne et lointaine.

La chevelure rousse flamboyante, un collier d'or et de rubis au cou, Claudia Danseer avait choisi une robe bleue à volants ; très à l'aise, elle marchait sur le gazon avec cette satisfaction innée d'être une grande dame. Sir William était vêtu d'un costume blanc cassé, contrastant avec une chemise noire qu'ornait un nœud papillon rouge ; il portait un chapeau melon grenat du meilleur effet.

— En aurons-nous pour longtemps, inspecteur ? Je dois prendre la route dès ce soir pour l'Écosse ; un nouveau château féodal à vendre aux enchères. Les grandes familles s'effondrent les unes après les autres et se séparent de biens ancestraux. Quelle faillite...

— Je tâcherai d'être le plus bref possible, promit Higgins ; mais je ne suis pas seul sur le terrain.

— Vous ne nous ferez pas assister à des horreurs ? s'inquiéta Claudia Danseer.

— Dévoiler le vrai visage d'un assassin n'est pas toujours une partie de plaisir.

— Nous avons été fouillés, malgré nos protestations.

— C'est précisément pour éviter toute tentation de violence. Votre collier est magnifique, madame.

— Sir William vient de me l'offrir... Un petit chef-d'œuvre d'orfèvrerie élizabéthaine. Ce n'est pas mon époque préférée, mais je l'ai accepté.

— Il est tout à fait digne de vous.

— Vous êtes un charmeur, observa sir William ; qu'attendez-vous de nous, inspecteur ?

— Que vous montiez sur la chaise d'arbitre, sir William.

— Si j'avais su, je me serais habillé autrement.

— Rassurez-vous, nous n'allons pas jouer au tennis de la manière habituelle ; vous n'aurez aucune balle à juger. Il s'agit d'une simple reconstitution.

L'aristocrate grimpa sur son perchoir, en prenant soin de ne pas froisser son pantalon.

— Et moi ? demanda son épouse ; dois-je me mettre en tenue ?

— Ce ne sera pas nécessaire, répondit Higgins. J'ai disposé des chaises de part et d'autre du filet; celle de lord Benjamin restera vide. Vous étiez sa partenaire; asseyez-vous donc à côté de lui.

— Là, sur le court?

— S'il vous plaît.

Hésitante, Claudia Danseer s'exécuta.

Arrivèrent, avec un très léger retard, David Knott, Lucida et Toby.

— On nous traite comme des criminels, se plaignit le financier; cette fouille est odieuse.

— Moi, dit le gamin, je trouve ça rigolo! On est tous des gangsters contre Scotland Yard!

Son père le gifla. Toby alla se cacher derrière sa mère.

— Protège-moi, maman!

— Il n'a rien fait de mal, dit Lucida Knott.

— Plus tu couveras ce petit, plus il sera odieux!

— Ce n'est qu'un enfant.

Énervé, David Knott se tourna vers Higgins.

— Bon... À quoi jouons-nous, inspecteur?

— Veuillez vous asseoir sur cette chaise, près du filet, face à Claudia Danseer.

— Ces simagrées sont-elles bien utiles?

— À moi d'en juger.

David Knott haussa les épaules, s'assit et croisa les jambes.

— Inspecteur...

— Oui, madame Knott?

— Toby doit-il assister à tout cela?

— Je veux, maman, je veux!

— À vous de décider, madame; Toby ne figure pas sur la liste des suspects.

Le gamin piqua une colère.

— J'ai une solution, proposa Higgins; un moniteur t'attend pour jouer au tennis sur un court annexe.

Les cris cessèrent.

— Un bon moniteur?

— Il entraîne les champions.

— Alors, ça va...

Pendant qu'un *Bobby* emmenait Toby, Lucida Knott alla occuper sa place de juge de ligne; afin qu'elle ne fût pas trop éloignée, Higgins avait placé une chaise sur la ligne de fond de court.

Échevelée et trépidante, Ariane Fenton arriva avec un quart d'heure de retard.

— Désolée, inspecteur... Un énorme embouteillage. J'ai été fouillée et je suis à votre disposition.

— Prenez place, mademoiselle.

L'antiquaire s'assit non loin de David Knott et face à la chaise vide de lord Benjamin. Scott Marlow s'installa dans la tribune, près d'Orazio Paternoster.

Higgins leva les yeux : un vent doux poussait vers le sud de petits nuages blancs.

— Le ciel nous est favorable.

CHAPITRE XXXIII

— Vous êtes arrivée la dernière, Mlle Fenton; vous serez donc la première.

— C'est beaucoup d'honneur, inspecteur.

— Si l'on veut; j'aimerais mettre en relief l'une de vos activités.

— Je n'ai rien à cacher.

La jolie brunette remit en place une mèche sauvage; Higgins consulta ses notes.

— Vous possédez un don remarquable, déclara l'ex-inspecteur-chef en tournant autour de la chaise sur laquelle était installée l'antiquaire, puisque vous réussissez à mettre en contact des gens très différents les uns des autres.

— Je suis commerçante et je dois plaire au public.

— Ceci est secondaire, de mon point de vue; comme l'a indiqué Lucida Knott, vous n'avez pas votre pareille pour nouer des contacts et favoriser des relations mondaines. Grande amie de Claudia Danseer, vous n'avez eu aucune peine à la convaincre de tenir le rôle d'arbitre pendant la partie qui opposait Hughes Wolf à David Knott.

— Je ne le nie pas ; était-ce un crime ?

Higgins ne releva pas l'ironie du ton.

— Je ne peux le prouver, reconnut-il, mais je suis persuadé que vous avez fait se rencontrer Hughes et Lucida, tout en sachant que David Knott était très épris de cette dernière.

— Il faut parfois tenter des expériences.

David Knott se leva, furieux.

— Alors, c'est toi qui m'as lancé ce bellâtre dans les pattes !

— Asseyez-vous, exigea Higgins.

Surpris par la fermeté de la voix, le financier obéit.

— C'est vous, Mlle Fenton, qui avez suggéré à Hughes Wolf l'idée de défier David Knott lors d'un match de tennis.

— N'était-ce pas plus drôle et moins dangereux qu'un duel au pistolet ?

Du coin de l'œil, Higgins s'aperçut que Lucida Knott était bouleversée.

— Si c'est vrai, observa Claudia Danseer, tu as peut-être exagéré.

— Ne fais pas l'hypocrite, rétorqua Ariane Fenton, cinglante : tu étais d'accord avec moi et le projet t'amusait beaucoup ; d'ailleurs, ma chérie, qui m'avait révélé le vrai nom de famille du beau Hughes ? Tu as toujours été si bavarde, Claudia !

L'épouse de sir William se drapa dans un reste de dignité.

— Vous m'avez tous décrit Hughes comme un jeune homme charmant, mais fort dépensier, reprit Higgins.

— Ce petit monsieur avait des goûts de luxe, précisa David Knott, pincé. Il me devait plusieurs milliers de livres.

— Pourquoi ne pas en avoir parlé à son père ?

— Parce que j'ignorais son identité réelle : seules Claudia et Ariane la connaissaient.

— Et vous, sir William ?

— Oui, naturellement ; mais mes relations avec David Knott étaient strictement mondaines, et il eût été indécent de le mettre dans la confidence.

— Vous m'avez tous menti, déclara Higgins en s'approchant du filet. Reconnaître l'existence de ce match pour supprimer ou aggraver une dette de jeu ne vous a pas gênés, mais personne n'a osé parler de l'autre enjeu : Lucida.

Un silence gêné s'instaura.

— J'étais vaguement au courant, indiqua sir William, et je ne prête pas attention aux ragots.

— Ce n'était guère reluisant, admit son épouse.

— Les épisodes de ma vie privée ne concernent pas Scotland Yard, estima David Knott.

— Un inspecteur ne peut pas comprendre une aventure aussi croustillante, jugea Ariane Fenton ; je vous admire quand même. Vous avez été assez futé pour découvrir le pot aux roses.

— Sans vouloir rabaisser mes mérites, mademoiselle, ce n'était guère difficile ; la beauté de Lucida devait faire chavirer de nombreux cœurs. M. Knott, qui allait devenir son conjoint, était donc un soupirant connu ; comment imaginer qu'un jeune homme fougueux, confiant en lui-même et en son avenir, ne remarquât point Lucida ? Quand elle me demanda de stopper l'enquête en prédisant : « tout va s'écrouler », je savais déjà que, les uns et les autres, vous pratiquiez beaucoup le mensonge par omission. Et puis David et Lucida Knott se sont trahis.

— De quelle manière ? s'étonna David Knott.

— Lorsque je suis venu chez vous, rappela Higgins, vous vous apprêtiez à jouer à la roulette avec votre épouse. Rares sont les couples qui se livrent chez eux à de telles distractions ; faut-il être possédé par le démon du jeu ! Si vous avez accepté ce match de tennis, M. Knott, c'est uniquement en raison de cette passion. Et cette passion, Mme Knott, vous la partagez ; c'est pourquoi, par goût du jeu, vous avez consenti à être l'enjeu de la partie où vos deux soupirants s'affrontaient.

— Et quand cela serait ? s'amusa David Knott. Le goût du jeu n'est-il pas l'une des plus nobles dispositions de l'esprit humain ?

— Que Lucida ait refusé de décider en laissant le choix au hasard n'est pas d'une grande noblesse.

— Hasard ? Ni elle ni moi n'y avons cru ! Hughes cognait dans la balle comme une brute, mais n'avait pas une claire conscience des lignes. Avec un minimum de technique et de self-control, j'étais certain de gagner.

— En ce cas, vous êtes un tricheur.

David Knott se leva à nouveau, très pâle.

— Je vous interdis de m'insulter.

— J'ai l'habitude d'appeler les choses et les êtres par leur nom, M. Knott.

Les deux hommes se défièrent du regard ; le financier céda le premier et se rassit.

— Que Hughes soit mort d'une crise cardiaque ne semble pas faire le moindre doute, reprit Higgins.

— Si vous aviez été présent, déclara Ariane Fenton, vous auriez partagé cette certitude ; le médecin du club a constaté le décès. Lord Benjamin a emporté le corps de son fils et interdit toute autopsie.

— Il n'avait pas perdu cette sinistre partie, bien qu'il fût mal en point ; en annulant la dette, David Knott a manifesté une belle grandeur d'âme.

— Merci de me reconnaître au moins une qualité.

— Lucida ne fut pas aussi conciliante ; en l'absence d'un vainqueur formel, elle a refusé de vous épouser.

David Knott sourit.

— Vous savez ça aussi... Seriez-vous choqué ?

— Tout le monde l'ignorait, n'est-ce pas ?

— Oui, ce fut notre coquetterie. Aux yeux du monde extérieur, nous étions M. et Mme Knott, un couple respectable et respecté ; par superstition, Lucida ne voulait pas qu'il en fût autrement. Cela ne nous a pas empêchés de former un couple rentable.

— Rentable ? Voilà un mot étrange.

— Pas pour moi ; la finance est un métier éprouvant qui exige un grand équilibre personnel. Une compagne comme Lucida est une véritable bénédiction pour un homme comme moi. Nous avons conclu une sorte de mariage de raison qui nous satisfait pleinement ; Lucida m'offre une harmonie quotidienne, je lui assure une existence agréable. N'est-ce pas une réussite parfaite ?

— Je vous le souhaite ; mais votre petit secret avait pourtant été éventé.

— Par qui ?

— Nous verrons plus tard. Parmi les joies que vous avez offertes à votre compagne, n'y en a-t-il pas une qui surpasse les autres ?

David Knott sembla perplexe.

— Le bonheur est un ensemble, inspecteur, on ne peut le disséquer.

— Tout de même, M. Knott.

— Si vous cherchez à me piéger...

— Je cherchais simplement à vous faire parler de votre fils, Toby.

CHAPITRE XXXIV

Un rouge-gorge survola le court central où les participants à la reconstitution semblaient pétrifiés. Higgins fit quelques pas pour venir se placer face à Lucida Knott.

— Votre petit garçon n'est pas facile à éduquer.

— Il a beaucoup de tempérament, inspecteur, et il est plein de vie.

— Très observateur, aussi.

— N'est-ce pas une qualité ?

— Du point de vue du Yard, certainement ; mais vous pourriez bien la déplorer.

— Je... je ne comprends pas.

— Que vous soyez la mère de Toby, madame, nul ne le conteste, mais qui est son père ?

Ni Lucida Knott, ni David Knott ne réagirent ; choqué, Scott Marlow se demandait où Higgins voulait en venir.

— Sir William Danseer est l'un de vos grands amis, n'est-il pas vrai ?

— Oui et non. Nous nous fréquentons, mais...

— Vous n'avez pas à mentir, puisque vous n'êtes pas mariée avec David Knott.

Bloquée, la belle Lucida garda les yeux fixés sur le gazon du court central.

— Un soir, précisa Higgins, Toby vous a vue, chez vous, en compagnie de sir William.

Du haut de sa chaise d'arbitre, le commissaire-priseur intervint avec une certaine véhémence.

— Simple visite de courtoisie, inspecteur !

— Façon de voir, admit Higgins : je mets toujours en doute le témoignage d'un enfant, plus prompt à imaginer qu'à décrire. Dans le cas présent, on peut envisager une liaison entre vous, sir William, et Lucida Knott. Il me semble que le père officiel, David Knott, ne témoigne guère d'affection pour son fils.

— C'est ma manière à moi d'aimer mon enfant ! protesta l'incriminé. Je trouve vos insinuations parfaitement odieuses, inspecteur ! Ma femme peut recevoir un homme sans être sa maîtresse... J'ai l'impression que vous voyez le mal partout !

Furieux, David Knott piétina le célèbre gazon.

— Tout cela est sans aucun intérêt pour votre enquête, continua-t-il. Vous jetez le discrédit sur la vie privée de personnes honorables parce que vous êtes incapable d'identifier un assassin !

L'ex-inspecteur-chef revint lentement vers le filet.

— Qui était lord Benjamin Wolf ? demanda-t-il à la cantonade. Un avocat brillant et célèbre, un homme fortuné, un lutteur qui aimait la victoire et supprimait toute possibilité de défaite. On l'admirait et on le redoutait ; ses collaborateurs se sentaient obligés de faire l'éloge d'un tyran qui n'admettait

pas la moindre imperfection dans le travail. Ne sur-
nommait-on pas lord Benjamin « le tueur » ?

Un silence tendu, presque oppressant, suivit la
question de Higgins ; tous les protagonistes du
drame étaient suspendus à ses lèvres.

— Pourtant, reprit-il, c'est ce « tueur » qui a été
tué ; il a connu ici même sa première et sa dernière
défaite. Comme son fils, il est mort en disputant une
partie de tennis ; comme lui, il a perdu la vie en
montant à l'assaut de l'adversaire. Orazio Paternoster, témoin privilégié de la partie, a noté que lord
Benjamin jouait fort bien au début du match ; non
seulement il était en pleine possession de ses
moyens, mais encore il voulait gagner de la manière
la plus nette et déployait toutes les ressources de son
talent. Service puissant, deuxième balle remarquable, volée efficace et un score éloquent dans le
premier set : 6-1. Ensuite, comme il arrive souvent
sur un court, la situation s'est dégradée ; le « pied
jardinier » s'est fait plus lourd, et lord Benjamin et
sa partenaire furent au bord de la défaite. Aucun de
vous ne s'est étonné de ce bouleversement ?

— Vous venez de le dire vous-même, ironisa
Ariane Fenton ; le cas se produit fréquemment au
tennis.

— L'assassin avait misé là-dessus, précisa Higgins : il savait que lord Benjamin n'économiserait
pas ses efforts et voudrait infliger la défaite la plus
écrasante possible à l'équipe adverse. Qu'il connût
une défaillance physique était normal ; le décès
devait apparaître naturel. Les conditions du crime
parfait étaient réunies.

— Entre nous, dit David Knott, je crois toujours à une mort naturelle; les experts se trompent souvent.

— J'approuve mon ami Knott, renchérit sir William, aussitôt appuyé par Ariane Fenton.

— Les experts sans doute, objecta Higgins, mais pas le docteur Babkocks.

— Comment lord Benjamin est-il mort? demanda Claudia Danseer; vous pouvez le révéler, à présent.

— Lord Benjamin prenait chaque matin un médicament puissant pour les reins; il était incompatible avec un réactif chimique. Le mélange des deux, à la suite d'un effort intense, devait entraîner un arrêt cardiaque.

— Dément et inélégant, jugea sir William.

— Le crime d'un fou! estima Claudia Danseer.

— Au contraire, rectifia Ariane Fenton; un projet machiavélique et remarquablement exécuté.

— Chapeau bas, approuva David Knott; un crime comme celui-là n'est pas à la portée d'un amateur ou d'un esprit faible.

— S'attaquer à lord Benjamin exigeait un courage certain, indiqua l'antiquaire.

— Le poison est l'arme des lâches, protesta Claudia Danseer.

— Quand a-t-il absorbé le réactif? demanda sir William.

— Lors des changements de côté, pendant le match, répondit Higgins. Le réactif se trouvait dans le thé.

— Mais nous en avons tous bu ! s'exclama Ariane Fenton.

— Évidemment, dit David Knott ; pour l'assassin, c'était le meilleur moyen de se dédouaner. Lui ne risquait rien, alors que sa victime était condamnée à mort ! Ce type est génial.

— Pourquoi dites-vous « *un* type » ? s'insurgea Ariane Fenton ; rien ne prouve que le coupable ne soit pas une femme.

— Quelle horreur ! s'exclama sir William.

— Les femmes ont autant de capacités crimi-nelles que les hommes, insista l'antiquaire, sinon davantage.

Claudia Danseer s'insurgea.

— Que cherches-tu à prouver, Ariane ? Qui veux-tu faire accuser ?

— Personne, ma chérie.

Lucida Knott sortit de son état d'abattement.

— Pourquoi avoir demandé si un coup de feu avait été tiré ?

— Parce que nous avons retrouvé un fusil sur le toit de la tribune et une balle fichée dans le gazon. D'après l'étude balistique, c'est un joueur volleyant au filet qui était visé ; mais l'arbitre était aussi dans la ligne de mire.

— C'est scandaleux ! estima sir William ; si l'on tire sur les arbitres, il n'y a plus de sport possible !

— L'assassin était donc à plat ventre sur le toit, conclut Claudia Danseer.

— Non, objecta Higgins ; le fusil n'était pas équipé d'un silencieux et personne n'a entendu le moindre coup de feu.

— Pourtant, cette balle...

— Simple mise en scène de l'assassin pour égarer Scotland Yard et lui proposer une fausse énigme.
Il voulait nous faire croire qu'un attentat avait été
organisé contre l'une des personnes présentes ; si la
police avait émis quelques doutes sur le caractère
naturel de la mort de Wolf, elle aurait dû s'interroger sur la présence de cette arme et se demander si
quelqu'un d'autre n'était pas visé.

— Mais alors... Tout cela était affreusement prémédité !

— En douteriez-vous encore, madame ? Personne
n'a entendu de coup de feu parce qu'il n'a pas été
tiré ; je m'en suis tenu à cette vérité élémentaire dont
l'assassin désirait que les enquêteurs s'écartassent
pour se poser de fausses questions et oublier le cœur
de l'énigme : Benjamin Wolf lui-même.

Higgins regarda dans la direction de la tribune.

— N'est-ce pas votre avis, M. Paternoster ?

CHAPITRE XXXV

— Comment pourrais-je avoir un avis ? Wolf est mort, j'ignore le nom du coupable et ne veux pas m'interroger sur ce point.

— Vous n'êtes guère curieux.

— J'ai appris à ne m'occuper que de moi-même.

— Pourtant, vous aviez suivi avec beaucoup d'attention la partie qui a vu la mort de lord Benjamin.

— Le spectacle n'était pas désagréable ; quand on est chauffeur, il faut apprendre à attendre.

— Il me faut rectifier une erreur, dit Higgins en consultant ses notes ; toutes les personnes présentes n'ont pas bu le thé drogué. Deux ont évité cette boisson : Toby Knott et vous, M. Paternoster.

— Je n'étais que spectateur.

— Vous n'êtes pas l'homme que vous paraissez.

Sir William se tourna légèrement vers Orazio Paternoster.

— Quel personnage se cache donc sous le costume du domestique ?

— Un assassin, rétorqua l'interpellé, piqué au vif.

J'ai tué ma femme et j'ai payé ma dette à la société ; vous ne le saviez pas, peut-être ?

— Ce genre de fait divers ne m'intéresse pas.

— Au contraire, estima David Knott ; qui a tué tuera.

— Ça suffit ! protesta Ariane Fenton ; c'est un peu trop facile d'accuser quelqu'un qui n'est pas de notre monde.

— Orazio Paternoster, rappela Higgins, était de *votre* monde, avant d'être ruiné.

— Ah ? Mais que faisait-il donc ?

— Ça ne vous regarde pas, répondit le palefrenier ; vous ne pourriez comprendre, tant vous êtes loin de la nature.

— Ce qui nous regarde, souligna Claudia Danseer, c'est votre animosité à l'égard de lord Benjamin.

— Qu'en savez-vous ?

— J'ai surpris vos regards ; ils étaient remplis de haine.

Tous se tournèrent vers Orazio Paternoster ; l'accusation était sérieuse.

— C'est vrai, reconnut-il, je détestais cet homme qui détestait les chevaux.

— Vous connaissiez l'existence du médicament, rappela David Knott.

— Vous étiez à Wimbledon où vous avez pu droguer le thé, poursuivit sir William.

— Et vous avez déjà tué, conclut Ariane Fenton.

Orazio Paternoster se leva, les poings serrés.

— Accusez-moi, accusez-moi donc ! Quel beau

profil d'assassin... Avec un récidiviste, vous tapez à coup sûr !

— Beaucoup d'éléments vous accablent, estima Claudia Danseer.

— Aucun, jugea Higgins.

— Comment, inspecteur, mais...

— M. Paternoster n'est au service de lord Benjamin que depuis cinq ans ; il ne fut associé d'aucune façon au match de tennis au cours duquel Hughes Wolf trouva la mort. C'est pourquoi il est étranger à l'assassinat de l'avocat.

— Je ne vous suis pas...

— Orazio Paternoster est le seul personnage intègre de cette affaire.

— C'est scandaleux ! protesta sir William, notre honorabilité...

Le regard qu'adressa Higgins à l'arbitre le contraignit au silence.

— Une seule question m'obsédait, reprit l'ex-inspecteur-chef : quel était le véritable enjeu de cet exceptionnel double mixte ? Pour comprendre, il fallait percevoir la personnalité de lord Benjamin et relier la partie disputée par le père à celle jouée par le fils ; quelqu'un a tenté de supprimer l'existence de cette dernière en découpant la page du registre où elle figurait, avec les noms des participants.

— Qui donc ? demanda sir William.

— Benjamin Wolf lui-même, bien entendu. Ce petit forfait faisait partie de sa stratégie ; en faisant disparaître cette trace du passé, il pouvait passer à l'attaque en toute tranquillité.

— Qui voulait-il combattre ? interrogea David Knott.

— Cessez cette comédie, proposa Higgins ; vous le savez aussi bien que moi.

De nouveau spectateur, Orazio Paternoster s'était assis.

— Benjamin Wolf, expliqua Higgins, ne croyait pas que son fils fût décédé d'une crise cardiaque ou, du moins, il estimait que cette mort accidentelle était un véritable crime perpétré par ceux qui étaient mêlés de près ou de loin à cette partie tragique. C'est pourquoi il avait décidé de se venger en organisant un match où les responsables de la disparition de son fils auraient tout à perdre et rien à gagner.

— Pourquoi aurait-il attendu si longtemps ? demanda sir William.

— Parce qu'il ne voulait frapper qu'à coup sûr, après avoir monté un solide dossier sur tous ceux qu'il voulait abattre et ruiner. Il lui fallait fabriquer une nasse d'où personne ne s'échapperait. Il lui restait aussi à régler un détail technique qui l'a trahi ; n'est-ce pas votre avis, Mlle Fenton ?

Higgins se plaça derrière l'antiquaire.

— Moi ? Mais je...

— Vous fûtes l'une des maîtresses occasionnelles de lord Benjamin.

— Je ne le nie pas.

— Mais vous avez menti à propos des « bons moments » que vous avez connus en sa compagnie ; en fait, vous tentiez de le défier et de le soumettre. Votre liaison ne fut, probablement, que déchirures et affrontements.

— Vous êtes perspicace, inspecteur, commenta Claudia Danseer; cette pauvre Ariane n'était pas de taille. Benjamin l'a traitée comme un objet, et elle a fini par le haïr.

— Tu es une vraie peste, ma chérie.

— Avec toi, ma douce, je fus à bonne école!

— Tu ne connaîtras jamais la nature de la passion qui m'a unie à lord Benjamin.

— Une amourette sans importance; tu n'avais aucune valeur à ses yeux.

— Tu mens!

— Vous aussi, vous mentez, affirma Higgins.

L'antiquaire considéra Higgins avec stupéfaction.

— Que signifie cette injure, inspecteur?

— Non point une injure, mademoiselle, mais une réalité. Vous savez bien que vous vendez des copies et des faux.

Ariane Fenton rougit.

— J'ai peut-être commis des erreurs dans mes propres achats...

— Votre fraude est consciente, et lord Benjamin, grand amateur d'objets d'art authentiques, était au courant; il vous a même secourue dans l'affaire du faux vase grec que vous avez tenté de vendre au British Museum. Ne vous a-t-il pas évité la prison?

Ariane Fenton se tassa sur son siège.

— Pourquoi a-t-il agi ainsi? demanda David Knott. Jouer les saint-bernard, ça ne lui ressemble pas.

— Parce qu'il accumulait des preuves contre Mlle Fenton.

— Il m'aimait et il m'a sauvée du déshonneur, murmura-t-elle.

— Pas du tout, précisa Higgins ; il vous enfermait dans les mâchoires d'un étau et attendait le bon moment pour les refermer sur vous, vous qu'il jugeait coupable d'avoir organisé le match maudit pendant lequel son fils était mort. Mais il lui manquait un élément, et il a dû commettre une petite erreur technique qui m'a mis sur la piste. Encore un faux, mademoiselle, mais cette fois, dans l'ordre du tennis.

CHAPITRE XXXVI

— Du tennis? s'étonna Ariane Fenton, d'une voix de fausset.

— Selon le témoignage d'Orazio Paternoster, indiqua Higgins, vous avez joué d'une manière plutôt curieuse lors du double mixte; quelques jolis coups et beaucoup d'erreurs sur des balles faciles. Bref, le profil type de la pratiquante moyenne qui n'est pas digne d'un classement élevé. En jouant, avec vous, j'ai voulu vérifier votre véritable niveau. Le mien est très moyen; vous auriez dû me balayer sans peine si vous aviez été première série, comme lord Benjamin, Claudia Danseer et David Knott. Ce ne fut pas le cas; vous êtes douée, ardente, mais vous manquez à l'évidence de technique. Pourtant, vous avez été invitée à ce double mixte car vous bénéficiez d'un classement officiel tout à fait remarquable; qui vous l'a accordé, sinon un personnage particulièrement bien placé, à savoir lord Benjamin? Et pourquoi l'a-t-il fait, sinon parce qu'il *voulait* que vous fussiez présente sur le central de Wimbledon? Il a donc falsifié un document administratif pour

vous permettre d'être sur le court, le jour où il
l'avait décidé. C'était cela, le plan machiavélique de
Benjamin Wolf : réunir, à l'endroit où était mort son
fils, ceux et celles qu'il jugeait coupables. Le dernier
détail à régler était votre niveau de tennis, Mlle Fenton ; en trichant, puisqu'il n'avait aucune autre
solution, lord Benjamin m'a permis de découvrir le
véritable enjeu de la partie dès que j'ai pu la relier à
la mort de son fils. Il vous tenait, et il vous tenait
bien ; ruiner votre réputation d'antiquaire et vous
ruiner tout court... Il vous a menacée de ce désastre,
n'est-il pas vrai ?

— Oui, inspecteur.

— Si vous perdiez la partie, il dévoilait votre trafic de faux ; si vous la gagniez, il continuait à se
taire.

— C'étaient bien les règles du jeu.

— Jeu de dupes, mademoiselle ; en raison de vos
défauts techniques, et même associée à David Knott,
vous n'aviez aucune chance de gagner. Pourtant,
vous y avez cru et vous vous êtes battue avec achar-
nement. Mais votre unique chance de succès, c'était
la disparition brutale de lord Benjamin. Pour avoir
été sa maîtresse, vous saviez qu'il prenait un remède
pour les reins.

— Non ! Je vous jure que non ! Il ne m'a jamais
autorisée à venir chez lui et... et, c'est stupide, mais
je l'admirais et je lui étais même reconnaissante de
ce qu'il avait fait pour moi. Sans lui, je serais restée
pauvre.

Higgins abandonna Ariane Fenton et leva les yeux
vers l'arbitre.

— Vous étiez fort troublé lorsque vous avez arbitré le double mixte, sir William; lord Benjamin a même réussi à vous faire revenir sur l'une de vos décisions, tant elle était aberrante.

— Tout le monde peut se tromper, inspecteur.

— Ce trouble était dû à une très grande nervosité, sans aucun doute; vous, comme les autres, étiez l'ennemi juré de lord Benjamin.

— Pas du tout, inspecteur! J'étais son meilleur ami; nos petites querelles artistiques étaient des joutes amusantes, rien de plus.

Mains croisées derrière le dos, l'ex-inspecteur-chef tourna autour de la chaise d'arbitre.

— Vous êtes un curieux personnage, sir William; avez-vous fréquenté Orazio Paternoster?

— Non.

— Si, mais à distance : c'est vous qui avez vendu ses biens aux enchères.

— J'avais oublié.

— Lord Benjamin, lui, n'avait pas oublié; en invitant M. Paternoster à regarder le double mixte, il vous humiliait tous les deux.

— Il y a du vrai, mais c'est peu de chose.

— Peu de chose également votre signature au bas du certificat d'authenticité pour un faux vase grec que vous avez offert à Ariane Fenton?

— Une banale erreur technique... Quel expert n'en a pas commise? Et puis tout s'est arrangé. Personne n'a été mis en cause.

— Lord Benjamin a conservé cette « erreur technique » dans un dossier vous concernant et pouvait s'en servir contre vous pour ruiner votre réputation ; un commissaire-priseur indélicat n'aurait pas retrouvé de travail.

— Pourquoi Benjamin m'aurait-il détesté à ce point ?

— Parce que vous étiez, comme les autres, coupable d'avoir tué son fils.

— Mais j'étais en province !

— Il ne vous a pas cru.

— C'est une folie !

— La folie de lord Benjamin, peut-être, mais devenue sa volonté de détruire. Depuis combien de temps organisez-vous le trafic de billets pour le tournoi de Wimbledon ?

La confusion fit rougir William Danseer.

— Est-il bien nécessaire d'aborder cette question en public ?

— Deux ans ?

— C'est à peu près ça, inspecteur... Mais j'y étais obligé.

— Lord Benjamin le savait ; il a observé, laissé faire et rempli son dossier. Une enquête du Yard a permis d'établir votre culpabilité que, lui, connaissait depuis longtemps.

William Danseer était abattu.

— J'ai commis une grosse bêtise...

— Vous aviez besoin d'argent, sir William, de beaucoup d'argent, pour installer votre propre salle de ventes, au cœur de Londres, dans un immeuble que vous aviez commencé à acheter, mais vous ne pouviez plus faire face aux échéances. Le trafic de

billets n'était qu'un relais. Que s'est-il donc passé ?
En vous lançant dans l'aventure, vous étiez persuadé
de disposer d'un énorme concours financier : celui
de votre épouse. Mais elle a refusé.

Le visage de Claudia Danseer était de marbre.

— C'est exact, inspecteur ; le projet de mon mari
m'a paru complètement insensé. J'ignorais qu'il
s'était engagé d'une manière aussi formelle.

— Lord Benjamin vous tenait, sir William ; par
ambition, vous avez accumulé les bévues.

— C'était mon ami, inspecteur... Je ne l'ai pas
tué !

— Vous avez commis un forfait indigne d'un
homme d'honneur que vous n'êtes plus depuis longtemps : par dépit, et pour vous venger de son refus,
fondre les bijoux de votre femme dans votre propre
chaudière.

Sir William baissa la tête.

— Il faut me comprendre, inspecteur. Elle m'a
trompé et bafoué.

Higgins abandonna la chaise d'arbitre, passa
devant Ariane Fenton, et s'arrêta devant David
Knott.

CHAPITRE XXXVII

— Pendant le match, indiqua Higgins, vous avez hésité sur la conduite à tenir. Lord Benjamin vous avait proposé un pari impossible : si vous perdiez, il révélait vos turpitudes et mettait fin à votre carrière ; si vous remportiez la victoire, il accablait Lucida. Aussi avez-vous été hésitant et incertain dans le premier set ; puis la colère s'est emparée de vous, vous avez shooté dans le filet, et donné libre cours à votre énergie.

David Knott croisa les bras sur sa poitrine, dans une attitude de défi.

— Lord Benjamin ne pouvait rien contre moi.

— Allons, M. Knott, il n'est plus temps de divaguer ; vous m'avez menti en prétendant que lord Benjamin avait financé votre cabinet alors qu'il n'a cessé d'être votre adversaire le plus virulent. Pour lui, vous étiez le principal assassin de son fils, le responsable direct de sa mort.

— Insensé ; un jeu est un jeu.

— Pas pour Benjamin Wolf.

— Je suis un homme sans tache et...

— Ce n'est pas l'avis de M. Penrose, l'interrompit Higgins.

David Knott serra les dents et émit une sorte de sifflement.

— Je vous interdis de ressortir cette vieille histoire ! Penrose était un incapable et...

— Et vous un escroc de la pire espèce, l'interrompit Higgins. Vous avez bâti votre carrière sur les ruines d'autrui.

— La justice m'a donné raison.

— Celle des hommes a coutume de se tromper ; mais lord Benjamin n'était pas dupe. Il avait monté contre vous un dossier accablant, puisque vous l'aviez dupé en vous faisant passer pour un honnête professionnel. En jouant contre vous, il vengeait son fils ; en ruinant votre réputation et en vous acculant à la faillite, il vous aurait fait perdre votre bien le plus précieux : Lucida. Lucida que vous aviez volée à Hughes.

— Il m'avait menacé, avoua David Knott ; qui aurait pu résister à ce monstre ? S'il n'était pas mort, j'aurais fini mes jours dans une campagne reculée et sans le sou.

— C'est pourquoi vous avez décidé de le supprimer.

David Knott sursauta.

— Moi ?

— Nous avons une preuve : la présence du réactif chimique dans votre pantalon, retrouvé en boule sous le canapé vert du salon d'attente de Wimbledon.

— C'est un coup monté, inspecteur ! Moi, tuer Wolf ? Mais vous n'y êtes pas du tout ! Il me terrorisait... Cent fois, j'ai souhaité sa mort ! Quand je l'ai vu s'écrouler, j'ai prié pour qu'il soit plus mort que mort et je remercie chaque seconde le destin d'avoir éliminé ce monstre. Mais m'attaquer à lui, jamais ! Il aurait déjoué mes plans.

Higgins contourna le filet et marcha en direction de Claudia Danseer.

— Pendant le double mixte, madame, vous avez joué tantôt bien, tantôt mal ; la victoire signifiait la ruine de David Knott et surtout celle de votre amie Ariane Fenton. Vous n'aviez donc pas intérêt à être trop brillante. Mais la défaite, qui aurait pu survenir si vous aviez volontairement raté toutes les balles, envoyait votre mari en prison. Jusqu'au moment de pénétrer sur le court, vous avez cru pouvoir persuader lord Benjamin d'être moins cruel.

— J'ai tout tenté, c'est vrai.

— Ce fut votre grande illusion : estimer qu'il était accessible à la pitié.

— Il m'aimait et il m'écoutait, inspecteur.

— Lord Benjamin vous avait pourtant conseillé d'épouser sir William Danseer.

— Nous avions accepté cette situation tous les trois ; j'aime mon mari et j'aimais Benjamin. Que cela choque ou non, c'est ainsi. Je suis sincère et j'ai le courage de mes sentiments.

— Vous parliez beaucoup avec lord Benjamin, n'est-ce pas ?

— Il aimait m'écouter, c'est vrai ; le voir me donnait envie de lui raconter mille choses, d'être exubérante. Sir William préfère le calme et le silence. N'est-ce pas merveilleux de connaître deux hommes si différents ?

Profondément choqué, Scott Marlow parvint à se contenir ; cette femme pervertie ne pouvait, à l'évidence, que devenir une criminelle.

— Je suppose que lord Benjamin vous a beaucoup interrogée sur la partie au cours de laquelle son fils a trouvé la mort.

— Bien sûr... et je n'avais aucune raison de ne pas répondre à ses questions sur les uns et les autres ; pour moi, ce n'était qu'un accident.

— Pour lui, un meurtre organisé avec la complicité de tous. Vous vous êtes montrée fort discrète, madame, pour dissimuler des faits qui auraient mis en cause vos amis.

— N'était-ce pas normal, inspecteur ?

— N'était-ce pas une stratégie pour dissimuler votre propre rôle, à savoir le premier ? Un certain nombre d'indices vous accusent, à commencer par les bribes de conversation entendues par Orazio Paternoster avant le match.

— Ne l'écoutez pas !

Higgins consulta ses notes.

— « Tu n'as pas le droit de faire ça », avez-vous déclaré à lord Benjamin ; autrement dit, de vous quitter. Et il vous a répondu, fort logiquement, qu'il était célibataire et libre de ses choix. Vous ne pouviez supporter cette rupture définitive ; mieux valait supprimer lord Benjamin que de le perdre.

— Non, inspecteur, non…

— Il vous détestait, comme les autres, puisque vous aviez arbitré le match tragique et cautionné ainsi « l'assassinat » de son fils. Jeune, ne vouliez-vous pas exterminer les avocats corrompus ?

— Vous vous égarez.

— Nous avons le mobile, madame : la passion. Une maîtresse bafouée qui se venge d'un amant cruel et ingrat. Nous connaissons aussi le mécanisme du crime : l'utilisation de deux substances chimiques qui, mélangées, forment un poison. Or, vous étiez brillante en chimie. Seule femme admise à dormir chez lord Benjamin, vous aviez vu le médicament qu'il absorbait chaque matin et avez eu le temps d'étudier sa composition ; prétendre que vous l'ignoriez est enfantin. Enfin, nous possédons une preuve matérielle : un fragment d'emballage du médicament de lord Benjamin, retrouvé au fond de votre sac de tennis. Nous avons même l'adresse de la pharmacie où vous l'avez volé, profitant d'un moment d'inattention des employés. Ne croyez-vous pas, madame, qu'il est temps d'avouer ?

Scott Marlow se leva ; l'affaire Wolf touchait à sa fin. Higgins avait été bien lent et presque trop précautionneux ; grâce aux faits matériels, la vérité aurait pu être établie depuis longtemps.

— C'est injuste, clama Claudia Danseer ; et eux, eux tous ?

— Tous coupables et complices ? interrogea Higgins. L'hypothèse m'a effleuré, en effet ; mais les caractères ne s'alliaient guère et, surtout, chacun plaidait pour sa chapelle en faisant preuve d'un bel égoïsme et d'un goût prononcé pour ses avantages personnels. Non, ce meurtre a été conçu et exécuté par une seule personne.

Claudia Danseer pointa l'index vers Lucida Knott.

— La vraie coupable, c'est elle.

La belle jeune femme ne réagit pas.

— D'une certaine manière, c'est vrai, admit Higgins ; à cause de son indécision et de sa passion du jeu, elle est à l'origine de la mort accidentelle de Hughes Wolf. Par son silence, elle est aussi complice de l'assassin de lord Benjamin. Pour expier tout cela, elle n'a d'autre recours que d'implorer la grâce de Dieu.

Lucida Knott se voila les yeux avec ses mains.

Higgins se tourna une nouvelle fois vers l'arbitre.

— À présent, sir William, pourriez-vous nous expliquer pourquoi vous avez tué votre grand ami ?

CHAPITRE XXXVIII

Sir William se figea dans l'attitude de l'aristocrate outragé que seul possède d'instinct un noble de bonne souche.

— Quelle est cette provocation, inspecteur ?

— Vous fûtes un curieux mari, sir William ; en permettant à votre épouse d'être la maîtresse favorite de votre meilleur ami, vous vous êtes montré très libéral.

— Les temps changent.

— En vérité, sir William, vous avez fait un mariage de raison qui vous permettait d'épouser la fortune ; de votre côté, vous n'êtes pas demeuré inactif, si j'ose dire, puisque vous êtes devenu l'amant de Lucida Knott. Vous êtes un homme libre, en raison de l'infidélité de Claudia Danseer ; elle, une femme libre, puisque non mariée. Cette liaison vous a procuré une grande joie : la naissance d'un fils, Toby. Impossible de le reconnaître ; mais vous pensiez disposer de beaucoup de temps. En devenant le plus célèbre des commissaires-priseurs du Royaume, vous pourriez, dans quelque temps, lui donner une éducation digne de lui. Comme David Knott n'aimait pas ce gamin, vous auriez trouvé un arrangement avec lui.

Sir William Danseer descendit de la chaise d'arbitre et fit face à Higgins.

— Vous avez peut-être raison ; cette paternité ne fait pas de moi un criminel.

— Précisément, si.

— Vos explications m'amuseraient.

— Je ne le crois pas.

— Je vous en prie, inspecteur ; allez jusqu'au bout de votre pensée.

— Vos petits forfaits pouvaient m'égarer, sir William : faux certificat d'authenticité, trafic de billets pour le tournoi de Wimbledon, besoin d'argent afin de satisfaire vos ambitions. Pourtant, ils ne sont pas complètement étrangers au crime, nous le verrons. Comme les autres, vous saviez que cette partie de double mixte serait celle de la vengeance de lord Benjamin et marquerait la fin de votre carrière ; mais comment empêcher ce drame ? Vous attaquer de front à votre puissant ami ? Irréaliste. Mais un événement a déclenché votre décision de le supprimer ; un événement dont j'ai perçu la nature lorsque Lucida m'a fait comprendre, dans un moment d'angoisse où elle ne cherchait nullement à vous trahir, que Toby était en danger.

— Non ! hurla Lucida Knott d'une voix apeurée qui fit frissonner l'assistance. Non... mais il le fallait, je devais lui parler... Qui d'autre aurait compris ?

— Qui d'autre, en effet, constata Higgins. Lord Benjamin voulait une vengeance totale : détruire non seulement ceux qu'il jugeait responsables de la mort de Hughes, mais aussi Toby. Un fils pour un fils, une vie pour une vie. Lucida n'a pas pris la menace à la légère et n'a confié son angoisse qu'à un seul homme : vous, le père de Toby. Comme n'importe quel père digne de ce nom, vous avez oublié votre peur et n'avez songé qu'à une seule chose : sauver votre enfant. Vous connaissiez suffisamment lord Benjamin pour savoir que le raisonner serait impossible ; il ne restait plus qu'à le supprimer. Le père noble s'est transformé en assassin machiavélique ; pourquoi ne pas tirer profit de ce meurtre ? Par votre épouse, Claudia, vous connaissiez le nom du médicament que prenait lord Benjamin ; vous avez volé ce produit dans la pharmacie que fréquentait votre femme afin de la faire accuser.

— Inspecteur ! Vous me prêtez des intentions...

— Je vous les attribue, sir William, car elles sont vôtres ; Claudia Danseer vous a refusé la forte somme que vous étiez persuadé d'obtenir et dont vous aviez toujours le plus grand besoin, même après la disparition de lord Benjamin. En concevant votre meurtre chimique, vous avez eu l'espoir de commettre un crime parfait ; prudent, vous avez tracé quelques fausses pistes : le fusil, le pantalon de David Knott et surtout l'accumulation des indices contre votre épouse. Puisqu'elle avait refusé de vous aider, elle le paierait cher : reconnue coupable de crime, elle serait condamnée et emprisonnée. Vous pourriez alors disposer de sa fortune, acheter l'immeuble au cœur de Londres et élever votre fils. En agissant ainsi, vous avez pris lord Benjamin Wolf à contre-pied : comment aurait-il pu supposer, une seule seconde, qu'une des misérables créatures qu'il se disposait à écraser osât se révolter contre lui ? Lord Benjamin est mort empoisonné par vous, sir William, mais aussi par sa vanité.

Lucida Knott pleurait en silence ; Sir William peinait à retrouver un semblant de dignité.

— C'est vous qui irez en prison, conclut Higgins : crime ou pas, vous y étiez condamné.

Le commissaire-priseur se haussa du col.

— Pour quelle raison ?

— Banqueroute, répondit l'ex-inspecteur-chef. Impliquer votre femme et la faire accuser étaient des actes inutiles. Vous la connaissez bien mal.

Perdant pied, l'aristocrate regarda son épouse, souriante.

— Vous avez légué votre fortune aux gitans, Mme Danseer, affirma Higgins.

— Bien entendu, inspecteur ; non seulement léguée par testament, mais aussi distribuée en grande partie de mon vivant. À vrai dire, je n'ai plus un sou ; c'est pourquoi j'ai refusé d'aider ce pauvre William. Je n'avais gardé que mes bijoux. Les faire fondre dans ma propre chaudière était une vengeance de bas étage qui mérite bien un châtiment exemplaire. Tuer mon amant, passe encore ; mais anéantir des objets d'art, lorsqu'on est commissaire-priseur, est une impardonnable faute de goût.

ÉPILOGUE

Une petite pluie d'été tombait sur le court central de Wimbledon. Désert, le stade reprenait son souffle avant de recevoir, dans moins d'une semaine, des champions venus de tous les pays du monde. Le superintendant Marlow pourrait boucler un dossier parfait qui mettrait totalement hors de cause le *All England Lawn-Tennis and Croquet Club*.

Higgins n'aimait pas le sport moderne où l'on calculait le nombre de livres sterling que rapportait chaque coup de raquette ; mais l'évolution semblait inéluctable et, bientôt, on verrait certainement des marques publicitaires sur les vêtements blancs des tennismen.

Il eut une pensée pour sir William qui, finalement, avait tout perdu : sa réputation, son métier, sa liberté, sa femme et son fils. Peut-être avait-il sauvé la vie de Toby, à condition que lord Benjamin eût réellement mis sa menace à exécution.

Celui que l'ex-inspecteur-chef attendait signala sa présence par un sifflement caractéristique : le rouge-gorge survola Higgins, se posa, et s'ébroua sous la

pluie. Il semblait parfaitement rétabli et ne souffrait
plus de son choc avec une balle de tennis.

Higgins avait souvent rêvé d'être un oiseau ; son
seul point commun avec saint François d'Assise
était une capacité à dialoguer avec les merles, bou-
vreuils, mésanges, bergeronnettes et autres créatures
ailées qui vivaient en paix dans les bois et passaient
leur vie entre ciel et terre.

— Vous êtes là, Higgins ? Je vous raccompagne.

Marlow semblait d'excellente humeur. Higgins et
le rouge-gorge échangèrent quelques formules de
politesse ; la coutume anglaise qui consistait à ne pas
se serrer la main lors d'un adieu trouva ici l'une de
ses applications les plus pratiques.

Au moment de sortir du central, l'ex-inspecteur-
chef jeta un dernier coup d'œil à la chaise d'arbitre.
Marlow craignit un retournement de situation.

— Un élément nouveau ?

— Hélas ! oui, superintendant. Que penser d'un
monde où l'arbitre est un menteur, un voleur et un
assassin ?

Les Editions Gérard de Villiers
présentent

L'inspecteur Buckingham

*une nouvelle série policière
originale,
dans la grande tradition anglaise.*

Pour la première fois, une romancière a
l'audace de forcer les portes de la famille
royale, de divulguer ses secrets
en racontant les événements troublants
qui s'y produisent : meurtres, vols,
chantages, ...

Margaret Ring est la veuve d'un attaché
militaire de la Maison de la reine. Elle vit
retirée dans une ferme du Sussex, où elle écrit
depuis deux ans.

Ne manquez pas les premiers titres de
L'inspecteur Buckingham

Crime chez la reine
Royal chantage
Triple crime chez la princesse
Disparitions au Palais

813

LES AMIS DE LA LITTERATURE POLICIERE

UNE ASSOCIATION PAS TROP SECRÈTE...
POUR LES AMATEURS DE
ROMANS POLICIERS

Quatre revues par an
***
Des lettres d'information
***
Des cadeaux

Adhésion pour l'année : 200F
Chèque ou mandat à l'ordre de "813"
22 Bd Richard Lenoir 75011 PARIS

TransFac

CHAQUE MOIS, L'ÉVÉNEMENT ÉTUDIANT

Chaque mois :

les News des campus,

les événements étudiants,

les meilleures formations,

les promos,

les soldes,

les bons tuyaux,

les réductions ....

TransFac   310 000 exemplaires
503 000 lecteurs

TransFac, 28 rue du Faubourg Montmartre, 75009 Paris
Tél.: 47 70 84 85   Fax: 47 70 61 55

Composé par EURONUMÉRIQUE 92120 Montrouge
et achevé d'imprimer en juin 1995
sur les presses de la Société Nouvelle Firmin-Didot
à Mesnil-sur-l'Estrée (Eure)

— N° d'imprimeur : 31191 —
— N° d'éditeur : DSY 29 —
Dépôt légal : juillet 1995

Imprimé en France